心の目で見た大切なこと、
ママに聞かせて

息子・りおと語った、生まれる前からのいのちの話

いんやくのりこ

青春出版社

プロローグ　心の目で世界を見ると…

息子の理生《りお》は、「心のお話」をするのが、とても好きです。小さいころは、「生まれる前のこと」や「時間のひみつ」についても、よく語っていました。

7歳のある夜、寝るしたくをととのえ、読み聞かせの絵本を片づけていると、ふと、こんなことを言いだしました。

「ママ、すごい秘密に、気づいたよ。

時間があるから、ものはある。時間があるから、光はある。

ものは、ぜんぶ、時間でできている」

驚いて振りむくと、理生は真剣なまなざしで、私を見つめていました。私は、

「ちょっと待ってね」

と、急いで紙と鉛筆をもってきて、それを書きとめました。すると、理生は、

「ものが時間でできているのには、二つの理由がある」

と言い、小さな人差し指を立てて、ゆっくり話しだしました。

「一つめの理由。ものは、時間がたつと、人がつくったり、かたちや場所が変わったりする。だから、時間が、ものをつくっている」

そして、つぎは人差し指と中指を立てて、言いました。

「二つめの理由。それは、ものが、時間の粒でできているから。時間は、目に見えない、小さな粒でできている。ものも、目に見えない、小さな粒でできている。

うんと小さくすると、みんな同じ。時間の粒も、ものの粒も、光の粒も、みんな同じ。だから、ものは時間で、できているんだ。

みんな同じ粒でできているっていうのが、すごいことなんだ。

みんな同じ粒でできているっていうのが、いいことなんだよ」

理生は、さらに続けました。

「粒と粒が集まると、のりみたいに、くっつく。

心も、肉も、みんな、粒が集まってできている。

神さまも粒。地球も粒。星も粒。みんな同じ、目に見えない小さな粒で、できている。骨も、肺も、髪の毛も、みんな、小さな粒でできている。

小さな粒がないと、ぼくたちは、生きていけない。だから、自分の体に、いじわるしちゃだめ。人を傷つけるのも、だめ。

戦争は、みんなの小さな粒を、奪うことになるから、だめ。

小さな粒を、盗んじゃいけない。人のいのちや、体を、盗むのはいけない。殺すということは、小さな粒を、盗むこと。だから、だめなんだ。

だから、人生では、いいことをつくらなきゃいけない」


ほんとうに、驚きました。目に映るものすべてが、光の渦になって一つに溶けあい、はるかな時間のものがたりを語り始めたように感じました。

そして、「戦争」という言葉が出たことに、少し戸惑いました。

私は、小さい子どもには残酷な話は聞かせない方針で、戦争について、特に理生に語ったことはありませんでした。

心当たりがあるとしたら、しばらく前に、歴史絵本を眺めながら、「戦争ばっかりね」とため息をついたことです。理生は黙っていましたが、後日、

「戦争は、いけない。だって、赤ちゃんや子どもが、ケガしたり病気になったりしたら、お母さんとお父さんが、泣くから。だきあって、わんわん泣くから」

と、ぽつりと言いました。

「子どもがかわいそう」ではなく、「お母さんとお父さんが、泣くから」と語ったことに、私は胸を衝かれました。

理生は、心臓と肺に疾患をもって生まれ、入院や手術を繰り返してきました。

本人は不平を言ったことはありませんが、子どもが苦しむときの、親の嘆きを目《ま》の当たりにして、感じるものがあったのでしょう。

呼吸すること、心臓が動くことが、あたりまえのことでないとき、いのちのきらめきは、ただ愛《いと》おしく、せつないものです。

プロローグ

理生は、2001年8月18日に生まれました。すぐに治療が始まり、退院のめども立たなかった9月11日、アメリカ同時多発テロが起きました。

崩れ落ちるビルの映像と、声高に復讐を叫ぶ人びとの姿を見ながら、私はふるえが止まりませんでした。病院でチューブにつながれている、小さな理生の姿を思いました。

人ひとり生かすことが、どれほど困難なことか。

この星には、いのちを守る尽力があるいっぽう、憎しみと悲しみと争いがあります。わが子が生まれたのは、そんな世界だったのです。

理生が9歳の春、私たちは生まれ育った東京を離れて、沖縄に移住しました。沖縄で、理生は宮沢和史《みやざわかずふみ》さんの「島唄」の三線《さんしん》に、心を惹《ひ》かれました。「島唄」は、沖縄戦について、鎮魂の祈りをこめて生まれた名曲です。

「島唄」を弾きたくて始めた三線でしたが、理生はしだいに、沖縄民謡にも興味をもつようになりました。

「御嶽《うたき》（琉球《りゅうきゅう》の信仰における、自然崇拝の聖地）の神さまに、聴いてもらいたいの」

と、大好きな御嶽で、ささやかな奉納演奏をするようになりました。

お出かけのときも〝缶《かん》から三線（空き缶で作った簡素な三線）〟をもち運び、気が向くと、道ばたで弾くこともあります。

子どもが三線を弾くのを、地元のおじいさま、おばあさまは、あたたかく受けとめてくださり、涙されるかたもいらっしゃいます。


この春、理生は特別支援校の中学部に入学しました。

「トゥーヌイイビヤユンタケネーラン（十本の指はみんな長さが違う。十人十色）っていうけど、ほんとうに、いろいろな子がいるね。

ぼく、みんなといっしょに、いっぱい学べると思うよ。言葉でおしゃべりしなくても、心と心で話せるよ。

お顔を見たら、にっこり嬉しそうに笑ってくれて、ぼくもにっこり笑って、友だちになったよ。ほんとうに嬉しそうに、笑ってくれたよ」

と、毎日楽しく登校しています。

学校では、理生が三線を弾き、友だちと歌ったり踊ったりもするそうです。

理生にとって、そこは穏やかな陽だまりです。ときに、上空を飛ぶ軍用機の爆音に、優しい声がかき消されることがあっても。

心と心が通いあうのは、体も、心も、地球も、神さまも、みんな「同じ粒」でできているからではないでしょうか。

そして音楽は、そんな「粒」たちを揺らし、響かせることによって、人と人をつなぎ、人と天をつなぎ、人とこの星をつなぎます。

みんなが「同じ粒」でできていることに、私たちがほんとうに気づいたとき、この星には、ほんとうの平和が訪れるのでしょう。

どのような体に宿った人も、幸せに生きられるように。

この星のどこに住む人も、平和に暮らすことができるように。

小さな息子と語った「いのちのお話」が、そのための、ささやかな道明かりになるといいな、と願います。

理生の13歳の誕生日に

心の目で見た大切なこと、ママに聞かせて

目次

Part 2

癒す心、育む力

Part 3

生まれる前からの いのちのふしぎ

カバーイラスト　谷口周郎
本文イラスト　いんやくりお
本文デザイン　ハッシィ

Part 1

「ありがとう」の魔法

病をもつ子が生まれて

2001年の年明け、赤ちゃんを授かった喜びを、私は鮮やかに覚えています。

ずっと望んでいた赤ちゃんでした。赤ちゃんがいるとわかってからは、いつもおなかにお土産《みやげ》を抱えているようで、冬の寒さも感じませんでした。

木枯《こが》らしの吹く川沿いの道を歩きながら、翌年は親子三人でお散歩できると思うと、自然に笑みがこぼれ、足取りも軽くなりました。

夫は毎日、ちょっぴり照れながらも、少しずつ大きくなる私のおなかに手を置いて、

「元気で生まれてきてね」

と、赤ちゃんに語りかけました。

妊娠《にんしん》の経過は、はじめは順調でしたが、29週の健診で、赤ちゃんの心音に異常があることがわかりました。

Rio's Art

三線

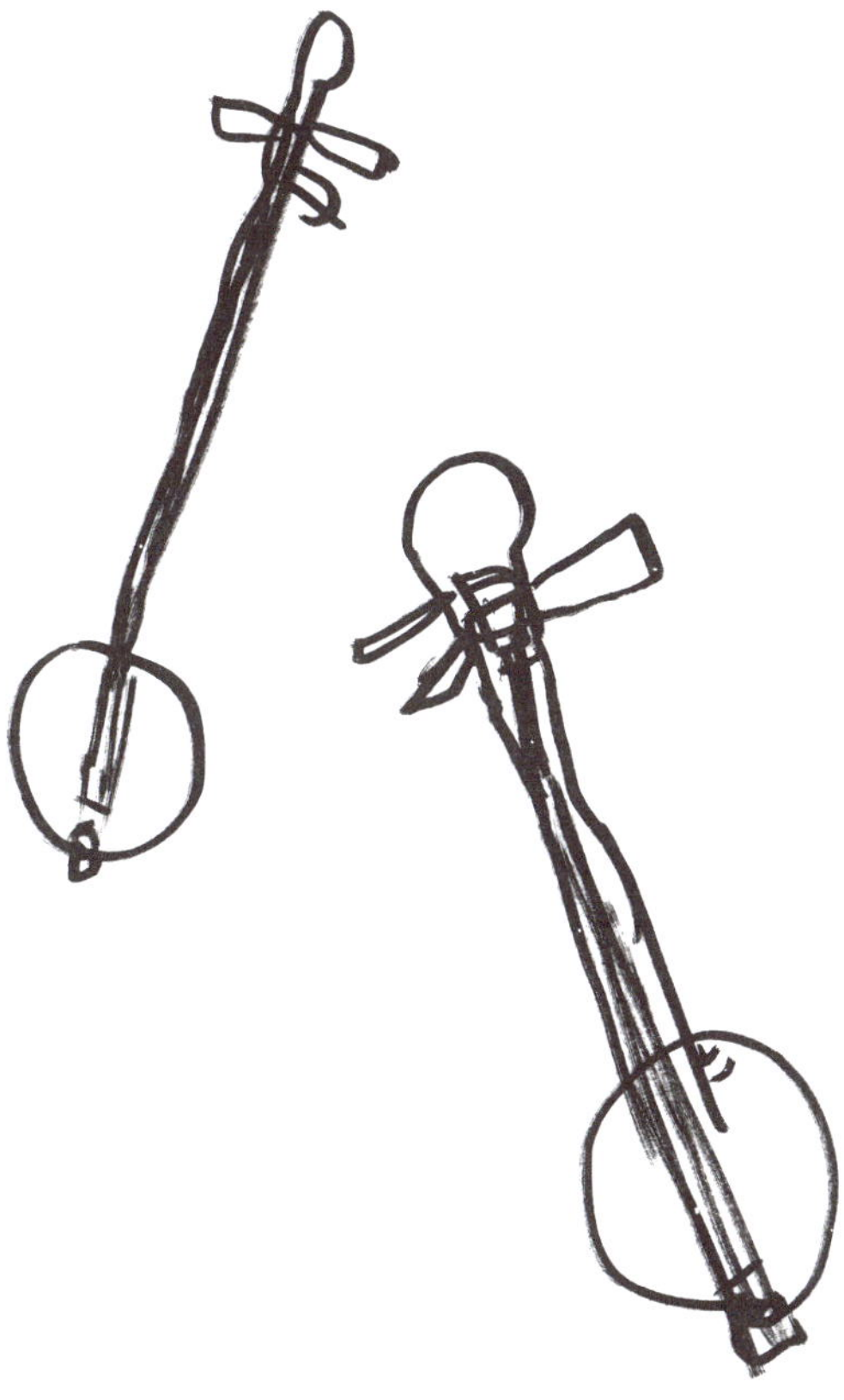

「三線を弾いていて、音をじっと聞いていると、音の奥に、ひとの声が聞こえる。神さまの声だと思う」

「三線を弾いていると、三線が音を出しているのか、自分の体が音を出しているのか、わからなくなる。三線にあわせて歌っていると、ぼくが歌っているのか、三線が歌っているのか、わからなくなる」

一人ひとりが、体という楽器で、たましいの歌を奏でられますように。祝祭の音楽、鎮魂の音楽を教えてくれた、三線の神さま、ありがとう。

心音はふつう二拍子ですが、急に速くなったり遅くなったり、音が飛んだり、明らかに異常とわかる、完全な乱れうちでした。私はのんきに考えていて、そのうち治まるだろうと思っていましたが、心拍の乱れはひどくなるばかりでした。

34週のある日、私はすさまじい腰痛におそわれ、産院で痛み止めの点滴をしたとたん、呼吸困難におちいりました。

点滴をやめるとすぐ回復したものの、腰痛は治まらなかったので、翌朝、大学病院に転院になりました。

大学病院には腰痛の治療に行くつもりでしたが、診察で、おなかの赤ちゃんの心拍が240を超えていることがわかりました。

すぐに産科と小児科の先生たちの話し合いがもたれ、

「いま帝王切開をして、赤ちゃんを外に出し、治療を始めたほうがいい」

と告げられました。

駆けつけた夫は、40分後に手術が始まると聞くと、私のベッドサイドの椅子に、茫《ぼう》然《ぜん》として座りこみました。

「予定日よりこんなに早く外に出して、大丈夫なのかな」

と、私がつぶやくと、付き添っていた母は、静かに言いました。

「体重はちゃんとあるから発育しているだろうって、先生がおっしゃっていたわ。治療しなかったら、心臓がとまってしまうかもしれない。それに、もし、脳に酸素が回らなくなったら。……たいへんなことになるよ」

夫が小さく息をのむ気配がありました。

私には、現実のことと思えませんでした。せっかくここまで育った赤ちゃんなのに、生きて生まれてこないかもしれないということ？

「どう思う？」

と、私は夫に問いかけました。

夫は涙ぐみ、私のおなかに向かって、

「どんな病気でも、ぼくは一生きみを守るからね。安心して、生まれてきてね」

と、語りかけました。

空に涙のような雨をたたえた夏の夕暮れ、理生は、産声《うぶごえ》をあげました。

手術台の上で、私はなされるままでいるしかなく、何が起きているのか、よくわか

りませんでした。助産師さんは、

「握手しようね。ママですよ」

と言って、赤ちゃんを私に近づけ、小さな手に触れさせてくれました。

私は、元気な体で産めなかったことも、ふつうのお産ができなかったことも、ただ赤ちゃんに申し訳ないばかりで、誕生を喜ぶどころではありませんでした。

顔を見る間もなく、理生は治療のため、どこかに連れていかれました。


病室に戻り、帝王切開後のおなかの痛みを感じながら、私はぼんやりと、「切腹して、おわびした」と、思っていました。

理生に会った夫は、思ったより元気そうなようすに、ほっとしたようでした。夫は、デジタルカメラで撮った写真を私に見せながら、

「傑作！」

と、照れたように笑いました。たくさんのチューブにつながれた小さな赤ちゃんで、おとなびた表情をしていました。

「この子は、しっかりしているよ。なんの心配もないよ。あなたは安心して、ゆっく

り休んでね」

と、夫は明るい声で言いました。

手術の傷が少し回復し、車椅子に乗れるようになってようやく、私は理生に会いにいくことができました。

NICU（新生児集中治療室）に入る前は、雑菌から赤ちゃんを守るために、ガウンをはおり、マスクをして、手指を消毒し、さらに医療用手袋をはめます。

つい先日まで、ずっと私のおなかの中にいた子なのに、外に出たいま、ふだんの姿では会えないということに、なんだか奇妙な気分がしました。

ようやくNICUに入ると、理生は透明なボックスの中で、眠っていました。

お鼻に細いチューブが入っていて、「痛そう。ここから初乳をのんだのね」と思いました。

たくさんの医療機器につながれて、どれかがずっと、ひっきりなしに、電子音のアラームを鳴らしていました。

小さな胸にガーゼが貼られていたので、理由を聞くと、

「電気ショック療法をして、やけどしました」

と言われました。

そしておそらく、私はおそるおそる、小さな赤ちゃんにふれたのでしょう。

そのときのことは、思いだそうとしても、かすみがかかったようで、記憶が抜けています。私はとても、ショックを受けていたのだと思います。

理生は、見た目はしっかりしていましたが、不整脈は治療のかいなく、いっこうに治まりませんでした。

さらに深刻だったのは、呼吸のトラブルです。

理生は、体重がじゅうぶんあり、産声をあげたにもかかわらず、なぜか肺がふくらみませんでした。そのため、とても小さく生まれた赤ちゃんにまれに見られるように、肺を傷めてしまいました。

人工呼吸器のお世話になったり、ステロイドを投与したりしましたが、血中酸素濃度がなかなか上がらないため、酸素療法を継続することになりました。

これは、細いチューブを鼻につけて、つねに酸素を吸入し続けるというものです。

初めて酸素療法を勧められたとき、私は動転して、

「どこに行くのも、酸素ボンベを担いでいくということですか」

と質問しました。

「そうです。そういうかたは、町にたくさんいらっしゃいますよ」

と主治医は答えました。

「いつかは卒業できるのですか」

「わかりません。ただ、発育につれて、壊れていない肺胞も大きくなりますから、呼吸機能はある程度カバーされます」

「壊れてしまった肺胞は、いつか治るのでしょうか」

「いちど壊れてしまったものは、治りません」

私は、頭が真っ白になりました。

病気とは、一時的に体調を崩すこと。養生すれば、いつかは完治するもの。無知だった私は、そんなふうに思っていたのです。

それまで、私は町で酸素吸入をしているかたを見かけても、目にも心にもとまっていなかったのでしょう。

理生が生まれてから、舞台の書き割りが次々と倒れていくように、私には少しずつ、さまざまな現実のかたちが、目に映るようになりました。

看護の日々が始まる

3か月ほどの治療の後、ようやく退院すると、嵐のような子育てが始まりました。理生は、息が苦しいため、一度にミルクをのむことができず、20分おきにミルクをほしがりました。

いまふり返ると、病院でしていたように、鼻からチューブを入れてミルクをのませてあげればよかった、と思います。

泣くとチアノーゼを起こし、顔の色も唇《くちびる》も真っ黒になるだけでなく、極端な頻脈（速い脈）が始まります。

チアノーゼで失神しないか。頻脈がいのちとりにならないか。

理生がぐずり始めると、私は生きた心地がしませんでした。

夫、母、私は、24時間交替で理生につきっきりになり、ぐずったとたんに抱きあげるようにしました。

チアノーゼはいっこうに治まらず、生後8か月からは、自宅でも24時間酸素療法が始まりました。

酸素吸入のチューブを鼻にかけ、足の親指には、パルスオキシメーター（脈拍数と血中酸素濃度を継続的にモニターする医療機器）のセンサーをつけました。

理生が起きているときは、頻脈（速い脈）を警告するパルスオキシメーターのアラームが、ひんぱんに鳴り響きました。

むずがる理生をようやく寝つかせても、眠りが深まると、心拍数ががくんと落ちて、徐脈（遅い脈）を告げるアラームが鳴り始めます。

酸素吸入のチューブが外れると、こんどは血中酸素飽和濃度の低下を知らせるアラームが鳴るのです。

夜の世話をしていた夫は、続けて1時間も眠れませんでした。

理生は、体調が安定しているときでさえ、呼吸のたびに胸はえぐれるようにへこみ、数メートル離れても、ゼーゼーという音が聞こえました。

ゼーゼーは、1歳すぎに、喘息《ぜんそく》という診断が下りました。

不整脈、慢性肺疾患のうえに、さらに新しい病名がついたことに、私はただ、とほうにくれました。

理生は毎日のように、喘息の発作を起こしました。ひとたび大きな発作が起きると、眠ることも食べることもできません。

季節の変わり目などは、自宅で過ごすよりも、入院する日々のほうが、ずっと長いくらいでした。

酸素吸入、点滴、パルスオキシメーター、心電図モニターと、いろいろな医療機器につながれて、吸引処置のたびに涙を流し、激しい咳《せき》と嘔吐《おうと》に苦しむ姿は、とても見ていられませんでした。

すぐ救急外来に駆けつけられるよう、玄関には入院グッズを常備し、おとなは夜も服のまま眠る暮らしに、私は心身ともに疲れはてました。

大きな病気があると、全身の状態に影響が及びます。理生はひんぱんに風邪をひき、重症化し、救急外来に飛びこんでは入院になりました。

肺の調子が悪いため、ふだんから痰《たん》が多く、毎日のように嘔吐しました。やっとの思いでおなかに入れたミルクを、噴水のように吐き出されるたびに、この子はどうしたら大きくなるのだろうと、暗澹《あんたん》たる思いがしました。

耳の中に水がたまりやすく、中耳炎《ちゅうじえん》で難聴になりました。それでも、呼吸状態が安定しないため、なかなか手術ができず、言葉の発達も遅れていました。

口を開けていることが多いためか、口のまわりの筋肉の発達も遅れて、摂食のトレーニングにも通いました。

3歳をすぎたころ、理生の不整脈はしだいにひどくなり、脈の異常をモニターするパルスオキシメーターが、夜通しアラームを鳴らすようになりました。

眠っている間に、心臓が止まってしまわないか。

主治医の先生に不安を訴えましたが、

「おかしいな。そんな病気ではないです」

と言われるだけで、いたずらに日々は流れました。

私は毎朝、理生が目を覚ますと、

「よかった、ありがとう。起きてくれて、ありがとう」

と抱きしめ、眠る前は、

「今日もありがとう。元気でいてくれて、ありがとう」

と抱きしめました。

すると、理生は何を見ても、回らない口で、

「ありがとう」

と言うようになりました。

陽だまりで、目を細めながら、

「お日さま、ありがとう。暖かくしてくれて」

そよ風に、笑みを向けながら、

「風さん、ありがとう。涼しくしてくれて」

お風呂で、シャワーの水しぶきに喜びながら、

「水さん、ありがとう。きれいにしてくれて」

周りのおとなにも、なにかお世話してもらうたびに、口癖のように、

「ありがとう」

と繰り返しました。

理生はもともととても穏やかな子で、体調がいいときはいつもにこにこ笑っていました。不安に脅えることも暗闇を怖がることもなく、息が苦しくないときは、眠っているときさえ、よく声を立てて笑っていました。

治療で大泣きしても、処置が終わるとすぐに泣きやみ、

「ハッピー」

と言って、にっこりするのです。

優しい子に育ったのは嬉しいものの、浮世離れしているような気がして、胸騒ぎがしました。

ありがとうが、いっぱい

そんな3歳のある日。冬も深まり、クリスマスのイルミネーションに、町は輝きを増していました。

理生を整体の治療院に連れて行くため、母に車で送ってもらっているとき、私はふいに、病児を守る会のお母さんを思いだしました。

そのお母さんは、病院の待合室で、酸素吸入のチューブをしていた理生を見て、

「うちの息子も心臓病ですよ」

と声をかけてくださったのがきっかけで、知りあいました。息子さんは十代後半で、大きな手術を、もう何度も乗り越えてこられました。

そのお母さんは病児を守る会のお世話役をなさっていて、私はそのご紹介で、会に入りました。

理生の体調が安定しないため、私は集まりにほとんど参加できませんでしたが、心

細いとき、何度も電話で相談にのっていただきました。

ご自身がたいへんな子育てをなさりながら、病児が暮らしやすい社会環境をととのえていこうとする、聡明で愛情ゆたかな人生の先輩たちとの出合いに、私は目を開かされた思いでした。

その日は、沿道のクリスマスツリーを見たとたん、なぜか、ずっとご無沙汰《ぶさた》していたそのお母さんとお兄ちゃんが、ふっと心に浮かんだのです。

ひとことでは語りつくせない、いのちを守る日々に思いを馳せて、

「あのかたはお元気かしら。お兄ちゃん、よく大きくなったよね」

と母につぶやくと、母はしみじみと、

「お母さんもお兄ちゃんも、よくがんばってこられたよね。ご家族も、ご立派ね」

と言いました。私は、

「そうね。私もがんばらなくちゃね。あんなすてきなかたにお会いできたのは、理生のおかげね。知らなかった世界を、教えてもらったよ」

と答えながら、涙ぐみました。

私たちをよそに、理生は車窓からお店に飾られたクリスマスツリーを見つけて、

「見て！　きれい！」

と歓声をあげました。

私は目を閉じて、「すべての子どもたちに、平和なクリスマスが訪れますように」

と祈りました。


それから間もなく、私はそのお兄ちゃんが、ちょうどそのころ、とつぜん亡くなられていたことを知りました。

ほんとうにショックで、頭が真っ白になりました。

その後しばらくは、何をしていても、ふとしたきっかけで涙があふれ出すと、とまらなくなりました。


どうして、病気で生まれる赤ちゃんがいるのでしょう。

どうして、わが子を看取《みと》らなくてはならない親がいるのでしょう。

いのちはふいに断ち切られるという現実に直面したとき、私は、確実な未来を求め続けるとしたら、心の安らぎは決して得られないのだ、と気づきました。

なぜ、ほかならない「その子」が、「そういう体」で、「そこ」に生まれたのか。なぜ、理生が、心臓と肺の病気というお土産をもって、私のもとに生まれたのか。子宮の環境とか、遺伝子とか、「偶然」とか、理由はいろいろ挙げられるかもしれません。でも、私は、生理的、身体的な理由が、知りたいのではないのです。原因を過去に探しているかぎり、私のほしい答えは見つからないでしょう。未来に絶対の安心を求めるかぎり、私は決して心の安らぎを得られないでしょう。

私には、「いまこの瞬間」しかありませんでした。

いま生きている「いまこの瞬間」を感じきって、そこに意味を見つけるしかない。そう思いしらされたとき、私は、会ったことのない子どもたちすべてに、おたよりを書きたくなりました。

ありがとうが　いっぱい
生まれてくれて　ありがとう

わたしを　お母さんにしてくれて　ありがとう
あなたの小さなぬくもりで
生きていることは　あたたかいことだと
教えてくれて　ありがとう

心臓が動くこと　息をすること
見えて　聞こえて　話せること
それらは　みんな奇跡なのだと
教えてくれて　ありがとう

一日いちにちが　こんなにも長く
そして短く　愛おしいものだと
教えてくれて　ありがとう

いのちは　しなやかでたくましいのだと
教えてくれて　ありがとう

この世の痛みを
教えてくれて　ありがとう
悲しみの中にも　光はあると
気づかせてくれて　ありがとう

ありのまま　受け入れること
信頼すること　とがめないことを
教えてくれて　ありがとう

やさしい心や　親切なおこないに
出会わせてくれて　ありがとう

わたしたちは　いつも
まもられ　生かされているのだと
気づかせてくれて　ありがとう

笑ってくれて　ありがとう
よろこびは　どの瞬間にもあるのだと
ほほえみで語ってくれて　ありがとう

いまここに　生きる幸せを
たましいのありかを
教えてくれて　ありがとう

まるごとのあなたを
抱きとめる　よろこびを
わかちあってくれて　ありがとう

今日もまた　この一日を
わたしとともに　歩んでくれて
どうもありがとう

そして　逝《い》ってしまった子どもたち
地上に降りたって
ひといきつく間もなく　飛び立っていった
あわてんぼうの子どもたち

あなたを愛する人たちの心の
最もやわらかい部分を
いっしょにもっていってしまった
あわてんぼうの子どもたち

この世に　あなたの光を届けてくれて
どうもありがとう
あなたの光を届けてくれた
あなたの小さなからだ　おつかれさま
ほんとうに　ありがとう

あなたの息は　あなたの足跡は
永遠の　いまこの瞬間に　ずっと残っている
決して　消えることはない

たくさんの愛を　ありがとう
たくさんの思い出を　ありがとう
それは　未来につながる記憶

あなたを抱いた腕は
あなたのぬくもりを　決して忘れない
この大地も　この風も
あなたのことは　決して忘れない

この世にきてくれて　ありがとう
そして　あなたは姿を変えて
わたしたちと　いっしょにいる
いつまでも　いつまでも
わたしたちの心の中に

どうもありがとう

いのちを守ってくれた言霊

3歳のクリスマスシーズンが終わり、年が明けると、理生の不整脈はますますひどくなっていきました。

脈が落ちてしまうため、鳴りやまないアラームに、私は夜ふけに何度も目を覚ましました。点滅を繰り返すパルスオキシメーターの前で座りこみながら、私は「これは絶対におかしい」と確信しました。

理生の主治医は、とつぜん亡くなったお兄ちゃんの主治医でもありました。

その次の診察で、先生はそれまでの対応とはまったく違い、私の不安にきちんと耳を傾けて、24時間ホルター心電図の手配をしてくれました。

私は生理検査室で、心電図の電極を貼ってくれる技師さんに訴えました。

「ここ何か月も、パルスオキシメーターで徐脈のアラームが鳴りつづけていました。やっと今日、ホルター心電図をとることになったのです。

このところ、この子は何を見ても『ありがとう』って言うのです。先日、病棟で亡くなったお兄ちゃんがいますよね。私は不安でたまりません」

技師さんは黙って、私の話を聞いていました。

このときの検査で、理生は小さな胸が隠れるほど電極を貼り、水ぶくれができるほどのひどいテープかぶれになりました。

心電図をとり始めて24時間が経ち、計測が終わって、私は自宅で電極をとめるテープを剥がしました。

まだ3歳でしたし、泣いてしまうと思いましたが、理生は身じろぎせずに痛みをこらえ、テープを剥がし終わると、

「理生、がんばった」

と、にっこり笑いました。そして、

「ママ、ありがとう。先生、ありがとう」

と、その場にいない先生にもお礼を言うと、ぺこりと頭を下げたのです。

そのとき、私の心には、ふいに「この子のいのちは、助かった」という言葉が、はっきりとひらめきました。

私はすっかり嬉しくなって、夫に、

「理生は、助かる。助かるよ。そういう言葉が、浮かんだよ。私はこれまで心配しすぎだったのね。何も問題ないって、検査ではっきりするのね」

といい、小躍りして、抱きつきました。

夫は目を白黒させて、

「なんだかわからないけれど……よかったね」

と言いました。私は上機嫌でワインをあけ、久々に夫と乾杯しました。


その数日後のことです。主治医から緊張した声で電話がかかってきて、

「緊急でペースメーカーを埋め込みます。すぐに入院してください」

と告げられました。

理生は一晩に何回も、長いときは7秒も、心拍停止していたのです。

後で聞いたところ、ホルター心電図の解析はふつう2週間ほどかかるのですが、検査室での私のただならない様子に、技師さんが機転をきかせて、すぐに結果を確認してくださったそうです。

入院した病棟では、急変に備えて点滴の留置針が入れられ、徐脈が悪化したら最大音量でアラームが鳴るように、モニターがセットされました。

私は動転して、「〝いのちは助かる〟と思ったのに、なぜ手術することになったのだろう」と、混乱するばかりでした。

それまで、不整脈の治療は内服薬でおこなっていました。理生は、心臓の構造に問題があるわけでなかったので、手術という発想がなかったのです。

小さな体のすべすべした皮膚にメスを入れ、ろっ骨を動かし、心臓に電極を貼ることを想像するだけで、気が遠くなりそうでした。

そのとき私を助けてくれたのが、亡くなったお兄ちゃんのお母さんがご縁をつなげてくださった、病児を守る会のお母さんでした。

そのかたの息子さんは、まだ小さいながらペースメーカーを入れていて、その経験から、こんなふうに諭してくださったのです。

「医療の恩恵を享けられるのは、ありがたいことですよ。

私も手術前は、息子の胸に傷をつけたくない、と思いました。でも、それは親のエゴだったかもしれません」

「親のエゴ」という言葉を聞いて、雷に打たれたようでした。

私は手術を「できれば避けたい」と思っていました。けれど、いますべきことは、何よりもまず、いのちを守ることです。

ほんとうにたいせつなことって、何なのだろう。

傷痕は、手術だけでつくものではない。これから生きていく中で、この子はさまざまな傷を負うことがあるだろう。心が傷つくこともあるだろう。たいせつな何かを守るために、あえて傷つく道を、選ぶこともあるかもしれない。

避けようのない傷なら、引き受けるべき傷なら、その傷から学ぶ姿勢を見せるのが、先にこの世に生まれた者のつとめではないか、と気づきました。

そして遅ればせながら、私は納得したのです。

「この子のいのちは、助かった」とひらめいたのは、「間一髪で、手術が間に合った」という意味だったのだ、と。

手術の日、理生は手術室の扉の前で、居並ぶお医者さんと看護師さんを見まわし、

「先生、助けてくれるの。ありがとう」

と、にっこり笑って、ぺこりと頭を下げました。

看護師さんに抱っこされて、扉の向こうに去っていく理生を、私たちは祈るような思いで見つめました。

手術が終わり、ＩＣＵ（集中治療室）に面会に行くと、理生はたくさんのチューブにつながれ、顔は酸素を充填したボックスに覆われていました。

理生は、酸素ボックスごしに、機関車パーシーのおもちゃがあるのを見つけてにっこり笑い、安心しきった表情で、ふたたび眠りにつきました。

手術後は、喘息の大発作を起こしたものの、おおむね順調に回復しました。

いまふり返ると、たくさんの「ありがとう」の言霊《ことだま》が、人々の心に息づく愛と響きあって、理生を守ってくれたのかもしれない、と思います。

「心配してくれて、ありがとう」

退院してからは、徐脈を告げるパルスオキシメーターのアラームが鳴らないことに、私は心からほっとしました。

それでも、添い寝していて、手術前の不安が、ふとよみがえったことがあります。理生の寝顔を見つめながら、「この子は大きくなるかしら」と思い、私の動悸《どうき》は速くなりました。

そのとたん、理生は横たわったまま大きな目を開いて、

「ママ、気にしないで。理生、どんどん大きくなるから。げんげん元気マンに、なるから」

と、にっこり笑い、ふたたび眠りにつきました。

小さな胸に、手術の大きな傷痕は、痛々しいものでした。

私は傷痕を見るたびに、

「よく、がんばったね。がんばった、ごほうびのしるしだね。ありがとうね」

と、抱きしめました。

理生も、傷痕を誇りにして、シャツをめくって眺めては、

「がんばった」

と、胸を張りました。

小学校に上がるとき、私は理生に言いました。

「手術の痕を見て、びっくりする子がいるかもしれないね。怖がっていたら、『もう痛くないよ』って、教えてあげてね」

水遊びのとき、傷痕を見て「気持ち悪い」と言った女の子に、理生は、

「だいじょうぶ、痛くないよ。心配してくれて、ありがとう」

と、ほほえみかけました。

その子は口をつぐみ、その後、傷痕のトラブルは一度もありません。

「心配してくれて、ありがとう」

という言葉は、とてもすてきだと思います。

人と違う姿をしていると、「かわいそう」という視線を浴びることもあります。

4歳のとき、私は理生を連れて、都心の児童館に遊びに行きました。初めての、電車に乗ってのお出かけでした。

駅の構内でのことです。車椅子代わりのバギーに、理生を乗せて押していると、見知らぬ女性が、理生の顔をのぞきこみました。そして、酸素吸入のチューブを鼻につけているのをじっと見て、

「かわいそうね」

と言いました。

私は正直なところ、いい気持ちがしませんでしたが、理生はその人に、

「心配してくれて、ありがとう！」

と、明るくほほえみかけました。

その人はめんくらった表情をし、私は目が覚める思いがしました。

8歳のある日、理生はふと、こう言いました。

「ぼくね、自分のいちばん好きなところは、ペースメーカーが入っているところ。だって、ペースメーカーを入れたら、体が軽くなったから」

私は嬉しくなって、

「そうね。その通りね」

と言いました。そして、少し考えて、言いたしました。

「ペースメーカーは、『理生くん、元気になってね』『地球で役立つ人になってね』っていう、みんなが理生を大事に思っている気持ち、理生を大好きだよっていう気持ちの、しるしだものね」

理生は大きな目をきらきらさせて、にっこり笑いました。

めぐる季節、めぐるいのち

通院のほかに、理生が初めてお外に出たのは、1歳を過ぎてからのことです。

寝込んでいた私のかわりに、母が酸素ボンベを腰にまき、理生を抱っこして、近所をお散歩してくれました。

母は、生垣《いけがき》のつばきの葉っぱを手元に寄せて、理生の小さな手にふれさせ、

「かわいいねえ、葉っぱよ」

と、声をかけたそうです。

それから、理生の体調が安定しているわずかな日々をぬって、母は私たちをドライブに連れだしてくれました。

箱根の芦ノ湖をモーターボートで一周したとき、理生は吹きよせる風に目を細め、全身で喜びをあらわしました。

「まるで、『湖ぜんぶ、ぼくのもの』という表情で、忘れられないわ」

と、母はいまも語ります。

理生が生まれてから、私には、緑も、風も、湖も、空も、その鮮やかさを増して感じられるようになりました。

ふり返ると、それまで私の日に映っていたのは、白黒写真のようでした。けれど、いのちの尊さ、健康のありがたさに気づいてから、自然のあれこれが、フルカラーで心に映るようになったのです。

季節のお祝いの喜びを、私は理生が生まれて、実感しました。

ひんぱんにチアノーゼを起こし、不整脈を示すアラームが鳴りつづけ、呼吸するたび大きくへこむ胸に不安でたまらなかったとき、一日いちにちは、ほんとうに長く、短く、かけがえないものでした。

初もうで、獅子舞、節分、桃の節句、春のお彼岸《ひがん》、お花見、端午《たんご》の節句、七夕《たなばた》、お盆、お月見、秋のお彼岸、秋祭り、ハロウィーン、クリスマス。

新しい季節を迎えるたび、私たちは心をこめて行事をおこない、

「大きくなってくれて、ありがとう」

と、理生を抱きしめました。

桜色に染まる、春の公園。野の花の咲き乱れる、川沿いの散歩道。空と海の青をまぶしく照らす、真夏の日差し。さくさく歩いた落ち葉のじゅうたん。初春のいぶきに応えて、天高く上がる凧《たこ》。——そして、ふたたび、公園は桜色に染まります。

公園では、忘れられない出合いもありました。

理生が酸素チューブを鼻につけてブランコで遊んでいると、6歳くらいの女の子が、すっと寄ってきました。

そして、私の目をじっと見ると、ふいにこう言ったのです。

「私も、ずっと、入院していた。ずっと、病気だった。でも、生きてきた。この子を見ると、私には、わかる。この子は大丈夫。この子は生きるよ」

そう言うと、女の子は友だちといっしょに、遊びに駆けていきました。

女の子の後ろ姿を目で追いながら、私の心は、ふっと明るくなりました。

そして、その後ずっと、その子の言葉は小さな明かりとなって、私の心を照らしてくれました。


膨大なアルバムをめくると、その中にはいつも、めぐる季節とともに大きくなっていく、理生の笑顔があります。

季節の飾りを片づけるとき、私はいつも理生に、

「ちょっとさみしくなるけれど、すぐに次の季節のお祝いがあるからね。

それに、いまこの飾りをお片づけしても、来年のこの季節に、また同じようにお祝

いできるよ。来年のお祝いは、理生はもっと大きくなっているから、きっと、もっと楽しくなるでしょうね」

と、語りかけました。

理生は季節のめぐりを喜び、

「みんな、ぐるぐる回っている」

と言って、目を輝かせました。それは、

「いのちは全部、つながっている」

「かたちをかえて、続くいのちがある」

という生来の感覚を、育むことになっただろう、と思います。

6歳ごろ、理生はこんなふうに言いました。

「ぼく、夢で神さまに、『みんなが、死なないようにしてください』って、お願いした。神さまは『それは、だめだな』って、いったよ。疲れると、死ぬんだって。でも、だいじょうぶ、また出てくるの。いのちは、ぐるぐる回っているの」

そして、とても嬉しそうに笑いました。

「ママのせいじゃないよ」

理生を妊娠中、友人に「どんな子がいい?」と聞かれたとき、私は、「運と縁の強い子がいいな。運が強くて人に恵まれれば、いろいろあっても何とかなる気がする」

と答えました。

たいへんな闘病も、すべて知恵に変えて成長していくさまを見ると、理生は私の願いどおり、運と縁をもって生まれてくれたのだ、と感じます。

7歳の秋の、気胸の治療は、最もつらい体験の一つでした。

胸腔《くう》内の空気を吸引するため、わき腹を切開してドレーンを挿入するとき、激痛のあまり、理生は幻覚を見ました。

積み木でできたコビトが積み木を積みあげ、目の前が積み木で覆われたとたん崩れるシーンが、超高速で繰り返されたそうです。

しかも、ドレーンは、その先端が痛覚の鋭い場所に当たったらしく、日に何度も発作のような激痛が始まりました。

激痛のとき、理生は身をよじって脂汗を流し、チアノーゼ、血圧急上昇、頻脈を起こして、病室にはアラームが鳴り響きました。姿勢を変えると激痛が始まるので、夜も体を起こしたまま眠れず、床ずれを起こしました。

それでも肺はいっこうにふくらまず、胸腔《くう》から漏れた空気が体に回って皮下気腫《ひかきしゅ》になり、二本目のドレーンが必要になりました。

打ちのめされた私が、

「もっと早く病院に連れてくるべきだったね。ごめんね」

と謝ると、理生は、

「ぼくだって、胸が痛いのは筋肉痛だと思った。体の中だと思わなかったの。ぼくも、おうちで治せるし、おうちで治したいと思っていたんだから、ママのせいじゃないよ」

と、慰めてくれました。

付き添いの夫も母も、激痛に苦しむ理生を前に、茫然とするばかりでした。それで

も、理生は痛みが治まるとすぐ、家族をくるりと見回し、

「ぼくは、元気パワーがいっぱいだよ。赤ちゃんのときに比べて、ずっと早く元気になっている気がするよ」

「肺に穴があくのって、骨が折れるみたいなことでしょ。ぼくは強いから、ぼくが苦しいときも、つらいときも、みんな心配しないでよろしい」

「安心したまえ。大騒ぎしないで、けっこうだ」

と、ほほえみを浮かべて、繰り返し語りました。

理生は、ショックで言葉を失っている母に、

「ぼく、死ぬのはまだ早いよ。だってぼく、まだ一年生だよ」

と、苦笑いしたそうです。

ようやくドレーンが抜けると、こんどは喘息の大発作が始まって、入院は1か月に及びました。後から入院した子が次々と退院していく中、理生は、

「みんな、うんとがんばったから、退院だね。すごいね」

と、満面の笑みを浮かべて、拍手でさよならをしました。

傷痕は人生の道明かり

ペースメーカーを入れると、一生定期的に、電池入れ替えの手術をすることになります。9歳の夏、電池入れ替え手術の前夜、理生が、

「ああ、手術、心配だなあ」

と、つぶやいたので、私は、

「体さんに、ごあいさつしようね。明日は手術なので、心臓さん、よろしく。肺さん、よろしく。皮膚さん、ピピピって切られちゃうけれど、どうぞよろしく」

と声をかけながら、そっと体をマッサージしました。理生は、

「心臓さん、緊張しているよ。心臓さんの中に、見えない心臓さんがあって、手術って知って、ドキドキしているのを感じる。

筋肉さんは、『おれは自分で動こうと思っていなくても、脳の指令で動いてしまう。動くな、って言われても無理だから、動かないようにしばってほしい』って言ってい

るよ」

と、楽しそうに笑いました。

そして、私を見ると、私のせつなさに気づいたのか、

「病院で寝ていると、ぼくは何がいちばんたいせつなのか、って考える。いのちのたいせつさって何か、って考える。すると、幸せな気持ちになる。豊かな気持ちになる。だから、ぼくは病院で寝るの、好きだ」

と言って、じっと目を見つめ、

「病気で生まれてきたから、ぼくはいろいろな体験ができる。ママも、いろいろな体験ができる。だから、ぼくは病気を選んで、生まれてきたんだよ。ママは、喜んでいいよ」

と、ほほえみました。

その夜、付き添いの私はなかなか寝つけませんでした。けれど、理生はすぐに健《すこ》やかな寝息を立て、眠りながら何度も声を立てて笑いました。

ありがたいことに、手術もその術後も、順調な経過をたどりました。

退院してから、私は理生に言いました。

「理生はまた、すばらしいプレゼントをもらったね。この傷痕があるから、理生は、いのちのたいせつさが、はっきりわかる。

このしるしは、人生の羅針盤だよ。理生は、人生で迷子にならないよ」

10歳の秋、理生は三回目の心臓手術をすることになりました。このときの手術は、カテーテルアブレーションという、頻脈の治療でした。

手術の前日、理生と私は、こんなお話をしました。

「ぼくはいま、川を上っている気がする。川をずっと上って、上流に来ている。一生懸命、手でよじ登りながら、滝を登っていると思う。その滝は、手術かもしれないね」

「滝の向こうには、何があるのかな」

「宝ものがあると思う」

「どんな宝ものかな」

「どんな宝ものだろうね」

私たちは、目を合わせて、首をかしげました。

ふと、私の心に、澄んだ泉のイメージが浮かびました。

「宝ものは、もしかしたら、いのちの泉かもしれないね」

「そうだね。いのちの泉だと思う」

と、理生はゆっくりうなずきました。


手術当日、心臓にカテーテルを入れて精密検査をすると、主治医の先生がおっしゃっていた通り、頻脈の原因部位はいくつもありました。しかも、そのいくつかは、とても焼灼《しょうしゃく》しにくい場所にありました。

難度の高い手術でしたが、名医の先生に恵まれたおかげで、手術は成功しました。

この手術がすんで、私の心労もようやく少し軽くなりました。

〝かなしみの器〟を広げる

理生が赤ちゃんのころ、私は「私の何が悪かったのだろう」と考えて、泣いてばかりいました。

猫は、病気の子猫が生まれると、食べてしまうことがあると聞きます。どんなにあやしても泣き続け、チアノーゼを起こす理生を抱きながら、私は、

「私が猫だったら、この子猫を食べてしまう。そして、健康な体にして、産みなおすんだ」

と、思いました。

高い建物の窓から下を眺めて、

「ここから飛び降りたら、楽になれるかな」

と、考えたこともあります。

そんなとき、あるセラピストさんが、こうおっしゃいました。

「子どもがつらい目にあうと、すべて自分のせいと考える。それが母親なの」

私がぽかんとしていると、そのかたは続けました。

「出かけようとしている子どもに、『牛乳を飲んでいきなさい』と言ったとするでしょ。子どもが牛乳を飲んで、外に出た先で、信号無視の車にはねられたとする。

悪いのは、車だよね。でも、母親は、『私が「牛乳を飲んでいきなさい」と言わなかったら、あの子はもう少し早く家を出て、車にはねられなかったはずだ。私のせい

で、あの子は事故にあったのだ』って、自分を責める。

そういうものなの。しかたがないの。

愛しているから、罪悪感をもつ。愛しているから、不安になる。

母親って、尊いね。子育ては、泥の中からハスの花を咲かせるようなものよ」

それを聞いたとき、私の心には、混沌《こんとん》とした感情の泥に根を下ろし、まんだらのように咲き笑う、ハスの花が浮かびました。

悲しいなら、悲しいままでいい。それを糧《かて》に、大輪の花を咲かせばいい。

そう自分にゆるしたとき、私の悲しみは、少しずつ、少しずつ、光に還《かえ》っていったように思います。


もう一つ、私が苦しんだのが、無力感でした。

私は、自然分娩《ぶんべん》で有名な産院に通っていました。後で知ったのですが、そこはニュースレターに自然分娩と帝王切開の件数を並べて、「今月は○勝△敗」と記していました。

大学病院に運びこまれ、緊急帝王切開手術を勧められたとき、私はとても動揺しま

した。ベッドに横たわったまま、産院の先生に相談の電話をすると、

「あなたは7キロ太ったし、大学病院にいるから、帝王切開になってもしかたない。ただ、あなたの場合は、子どもの病気があるから、同情の余地はあるけど」

と、言われました。

その後すぐ始まった手術も、赤ちゃんの治療も、医療のプロフェッショナルに頼るしかなく、私は何もできない自分に打ちのめされました。

お産には理想のかたちがあるわけではなく、それぞれの母子にとって、いのちをたいせつにするプロセスであればいい、と、いまならわかります。

けれど、当時は、産科病棟で赤ちゃんを抱っこするお母さんたちを見るたびに、私はまともに子どもを産めない、だめな人間だ、と思いました。

心身の過労で体調を崩して入院したとき、私はお医者さんに、

「あの子はどうして病気で生まれたのでしょう。私の何が悪かったのでしょう」

とつぶやきました。するとその先生は、

「人類の確率です」

と、あっさり答えられました。

「病気の子は、一定の確率で生まれます。遺伝子の揺らぎをもつことで、人類は進化してきたのです。息子さんは、その籤《くじ》をたまたま引いただけ。お母さんが悪いのではありませんよ」

私は、先生のお顔をまじまじと見つめました。

診察室を出ると、私は待合のソファに座りこみ、地球で生きる60億人について考えました。はるかな生命の歴史と人類史を、知るかぎりの知識で思い浮かべました。

壮大なスケールに、なんだか気が抜けました。

私という個人は、大いなる生命の歴史の一しずくです。全能でないことを理由に自分を責めるのは、むしろ傲慢《ごうまん》ではないか、と私は思いました。

理生も同じく、いのちの潮流の一しずくとして、理生のいのちを生きています。それを喜ばないのは、理生に失礼だ、と気づきました。

当時をふり返ると、私は「かなしみの器」を想像します。

「かなしみの器」は、情動を受け入れるキャパシティです。私の「かなしみの器」は小さくて、それからあふれた悲しみが、罪悪感や無力感に変わっていったのでしょう。

「かなしみ」は、「悲しみ」とも「愛しみ」とも書きます。

日本民俗学の父、柳田國男《やなぎたくにお》によると、「カナシ」「カナシム」はもともと、たんに「感動の最も切なる場合」を表す言葉で、必ずしも「悲」や「哀」に限らなかったそうです。

悲しみをゆるすと、愛しみも深まるのは、ふしぎです。あるいは、愛しみに身を浸すと、悲しみもまた、ゆるされるのかもしれません。

理生を抱きしめ、くすぐり、ともに笑うとき、私にはほかのすべてが消えました。過去を悔やみ未来を怖れ、いまこの瞬間の笑顔をとりこぼすのは、もったいない。「いまここを愛する」と決めることで、私の「かなしみの器」は、少しずつ深くなっていったように思います。

生きる喜び、悲しめる喜び

9歳のある日、理生はこう言いました。

「赤ちゃんが病気のときは、『苦もあれば、後から楽もある』ということを、神さまが、伝えてくれている。だから、心配しなくていい。だいじょうぶ。

赤ちゃんが生まれたおうちには、必ず、楽がある。

というか、生きているものには、必ず、楽がある」

私は理生を守ろうとして、むしろ理生に守られる中で、生まれて間もない人からあふれだす、無条件の愛を知りました。

赤ちゃんは、身体的には、無力な状態で生まれてきます。

私のように、「母猫だったら、この子猫を食べてしまうんだ」と思う人のもとにも、すべてをゆだねて生まれてきます。

「親は子を愛する」といわれますが、親を無条件で愛し、受け入れているのは、子ではないでしょうか。

そう感じたとき、私はふと、思いいたりました。

すっかり忘れていたけれど、かつて、私も無力な状態で、母のもとに生まれてきました。私は世界を信頼して、ここに生まれてきたのです。

そして、私の思いに、この世が応えてくれたからこそ、私はいのちをつないで、ここまで生きてこられたのです。

——私は、愛されている。ゆるされている。

そう気づいたとき、自分を裁く気持ちは、少しずつほどけていきました。

私はしだいに、無力な自分を、あきらめていきました。

「人のお世話にならないように」という訓示がありますが、だれの世話にもならず生きるなんて、そもそも幻想です。

自力の限界を思い知らされ、ちっぽけな矜持《きょうじ》を明け渡したとき、からっぽな心に残されたのは、ただ感謝だけでした。


理生は8歳のとき、落ちこんでいる私を、こんなふうに励ましてくれました。

「人は必ず、喜びをもっている。たとえば、生きる喜び。悲しめる喜び。じつは、悲しめるというのは、幸せなことなんだよ。いろいろな気持ちは、ぜんぶ幸せなんだ」

私がとまどっていると、理生はこう続けました。

「悲しめる喜びというのは、悲しんだ後、またハッピーになるでしょ。

そのハッピーは、前のハッピーより、もっと大きいハッピーになる。だから、悲しみって、たいせつなんだよ」

思えば、罪悪感も無力感も、私にはおなじみの感情でした。

ふり返ると、私は子どものときから、「生きていてごめんなさい」という、いたたまれなさがありました。「私には何もできない」という、心の麻痺《まひ》もありました。

わが子の生まれながらの病気は、そんな漠然とした感覚の焦点になりました。そして、理生と歩み、ともに痛みと向きあうなかで、私がずっと前から抱えていた悲しみも、少しずつ、光に還っていったような気がします。

私は、心の闇に光を当てることをテーマとして、この世に生まれてきたのかもしれない、と思うこともあります。

ずっと私なりに努力してきたけれど、気づきが及ばないのを見かねて、理生が病気というお土産とともに、助けにきてくれたのかもしれません。

私は夢想することがあります。

Rio's Art

そらをとぶ

理生の絵と説明をもとに、義父が絵本を手作りしてくれました。この絵には、次の文章が添えられています。
「りおくんは　そらをとんでいます。そらをとぶのは　きもちがいいので、りおくんはだいすきです。ママは、りおくんをたすけるために　くものうえにいます。ママは　まほうのぼうをもって、りおくんのおててを　はねにかえます。だって、はねがないと　おっこちちゃうものね！」

心のつばさを広げると、どこまでも飛んでいかれそうです。理生によると、「人間には、見えないつばさが、はえている。飛んでいるときは、つばさは虹色になる」そうです。

「かなしみの器」を深めていくと、いつかそれは反転して、かなしみの底に抜けるのではないか、と。

私には、敬愛する友人がいます。彼女はとてもつらかったとき、深い闇の底で、人々の祈りで織りなされた透明なハンモックを見た、といいます。

光りながらどこまでも広がって、ほんとうに美しく、つらいのも忘れて見とれてしまった、と。

それを聞いたとき、私の心は、ふるえました。

漆黒《しっこく》の闇の中に、きらめく蜘蛛《くも》の糸のように、光のハンモックは広がっている。そんなふうに、私は愛されてきたし、ゆるされてきたし、守られてきた。

そしてできるなら、私も、その輝く糸のささやかな一筋として、祈りつづけたいと思います。

Part 2

癒す心、育む力

この病気は一生つきあう〝個性〟

「ぼくは、自分が大好きだ。自分の体が、大好きだ。自分の体、ありがとう」

8歳のとき、理生はそう言って、嬉しそうに笑いました。

落ちこみがちな私とは対照的に、理生は12歳のいままで、自分の身体について、不平をこぼしたことは一度もありません。私とは心のなりたちがずいぶん違うことに、子どもは親と別の人格なのだと、あらためて感じます。

理生が生まれて、その疾患は一生つきあう個性であると知ったとき、私は「治す」とはどういうことか、考えるようになりました。

「内部障害」という言葉を知ったときは、目からうろこが落ちました。

内部障害とは、内臓の機能が疾患などによって障害され、日常生活が制限される状態をさします。

要は、本人の日常生活の不都合を減らしていけばいい。「障害」という言葉は、サ

虹

Rio's Art

「ぼくの心は、虹色だよ。『虹色だと、風邪をひいていても、元気になるパワーがいっぱいある』って、神さまが教えてくれた」
「人間は、星といっしょに生まれる。だから、いつも体のそばに、星がある。ぼくは、虹色の星から来た。だから、ぼくのそばには、虹色の星がある。かたちは、長四角。ぼくの虹色の星は、とてもはっきりしている。すごく明るい」
　虹は、希望といのちのシンボルでもあります。同じ時代を生きるファミリーとして、私たちが、そんな虹の橋を渡ることができますように。

ポートが必要な箇所のありかを示す、道明かりです。

障害は、身体と生活の関わりにおいて生じるもので、身体のみに理由があるのではありません。理想の身体を想定する必要はないのです。

WHO（世界保健機関）には、「健康」の定義として、「身体的、心理的、霊的、社会的に完全に良好な動的状態であり、たんに病気あるいは虚弱でないことではない」

という表現が、提案されたことがあります。

健康が、何層ものレベルにおいて実現される動的なプロセスなら、理生なりの「健康」があり、それらを総合的にととのえていけばいい、と気づきました。

まず、「身体的なケア」としては、最先端の小児医療にお世話になりました。

不整脈は、内服薬とペースメーカー埋め込み、のちにカテーテルアブレーションで治療していただきました。

呼吸機能の低さは、在宅酸素療法で補いました。酸素療法は、6歳まで24時間、その後は夜間と発作時のみになり、9歳半で卒業しました。

肺疾患と喘息は、ステロイドの劇的な効果に助けられました。ステロイドは副作用が怖かったのですが、なんども大発作を経験するうち、私の考えは変わりました。ステロイドで発作を抑えている間に、内外の環境整備をして、体質改善をすればいいのです。

環境整備は、家族だからできることです。埃《ほこり》の出ない寝具をそろえ、じゅうたんを処分するなど、模様替えをしました。食事療法やマッサージにもとりくみました。気功、整体、ホメオパシーも試しました。理生の不整脈は、電気回路のトラブルが原因なので、「気」と関係するかもしれない、と思いました。

「心理的なケア」としては、スキンシップや言葉がけで、意識的に愛情を伝えるようにしました。私は、抱っこやマッサージのほかに、よくくすぐりました。全身で笑う姿はとても愛らしかったし、呼吸のトレーニングにもなりました。

小さな赤ちゃんにも豊かな心があることを、私は理生から学びました。

理生は、生まれてすぐ治療が始まり、約3か月入院していました。毎日、家族のだれかが面会に行きましたが、私は寝込んでいて、ひんぱんに出かけられませんでした。

ようやく退院すると、理生は夫や母には笑いかけるのに、私が目を合わせようとすると、すっと視線をそらしました。

夫も母も、「あなたの気のせいだ」と、私をなぐさめましたが、ほんとうに、理生は目をそらし続けたのです。

あるとき、私は理生を抱っこしながら、

「理生くんは、入院が長かったから、ママに見捨てられたと思っているんだ。だから、ママが嫌いなんだ。でも、ママだって理生くんに会いたかったんだ」

と、声を上げて泣きました。

腕の中の理生は、びっくりした顔をして私を見つめました。そして、それからは、目を合わせて笑ってくれるようになりました。

母と子の心は、地下水脈のようにつながっていて、言葉はそれを掘りあてる井戸のように思います。

私は、理生が言葉の意味を理解するかどうかはともかく、言葉に宿る音のたましいをシャワーのように浴びてほしい、と願いました。そして、

「生まれてくれて、ありがとう」

「大好き」

「理生くんはママの宝もの」

と、ひんぱんに語りかけました。

じつは、私は、お産のトラウマをとても心配していました。

理生は、予定日より6週も早い、緊急帝王切開で生まれました。肺が未熟だったのは早産のためで、心理的にも大きなショックだったはずです。

けれど、そう理解したうえで意識的に対処したことは、かえって母子関係によい影響をもたらしたようです。

理生は4歳のとき、私が、

「おなかから出るとき、どうだった？」

と尋ねると、

「おなかの中は、きゅうくつだったから、外に出たとき、ほっとした。えんえん泣いたけど、嬉し涙だったんだよ」

と答えました。

私はこの明るいイメージに、それまでの理生との関わりが報われたと感じました。

病院で育つということ

治療については、理生は何度もつらい体験をしています。

はじめに通っていた大学病院では、レントゲンを撮るとき、無表情のスタッフが無言のまま、理生を細い板の上に寝かせてネットでぐるぐる巻きにし、板をガタンと乱暴にもちあげて撮影しました。

そのようすは、まるで磔《はりつけ》のようで、理生は顔を土気色《つちけいろ》にして泣き叫びました。チアノーゼと頻脈を起こしているのは明らかでした。

私は、理生の泣き叫ぶ声を聞きながら、ただおろおろするばかりで、心が引き裂かれるようでした。

リスクをおかし、つらい思いをして撮影したレントゲン写真でしたが、結局、担当の先生は、それを見ることがありませんでした。

その後、私たちは理生を子ども病院に転院させました。

子ども病院のレントゲン室は、子どもの喜ぶカラフルなイラストとおもちゃで飾られています。検査技師さんはピンク色のエプロンをして、優しく語りかけながら理生を抱きとり、負担のかからない姿勢で撮影してくださいました。

入院病棟も、保育室のように明るいインテリアで彩られ、大きな窓からは日の光がさんさんと降りそそいでいます。

プレイルームには、おもちゃや絵本がたくさんありました。保育士さんやボランティアさんもいて、季節の行事やイベントを企画してくださいました。

理生は病棟で、ひな祭り、こどもの日、七夕、ハロウィーン、クリスマスの飾りつけを楽しみました。初めてのコンサートも、寸劇も、手品も、すべて病棟で体験しました。

ミッキーマウスとミニーマウスの慰問で、病棟がおとぎの国に変わったこともあります。理生はほおを染めて歌をうたい、手拍子を打ち、リズムに乗ってダンスし、子どもの代表としてミッキーマウスに花束を渡しました。

のべ2年近くの入院の日々が、理生にとって「楽しい思い出」になったのは、子どもも病院のスタッフのみなさまのおかげです。

子育てをふり返ると、私のまぶたにはいつも、ほろ苦いなつかしさとともに病棟の情景がよみがえります。

子ども病院は、慢性疾患のある子どもにとって、暮らしの場です。入院している子の中には、病院から外に出ることなく、お空に還っていくお子さんもいます。子どものストレスを減らして回復力を高めるためにも、付き添う人の精神的な健康のためにも、病院の環境設計は、とてもたいせつだと感じます。

小児医療に専門性のある子ども病院ですが、すべてのスタッフが、子どもの発達や病児家族の実情に通じているわけではありません。

理生が赤ちゃんのとき、点滴の接合部がきちんとはめられていなかったため、いつのまにか、完全に外れていたことがありました。

付き添いの母と私が気づいたとき、逆流した血と点滴液が混じりあった液体は、すでにかなりこぼれていて、ベッドのシーツは広い範囲で赤く染まっていました。

また、理生は2歳くらいのとき、喘息の治療薬の吸入をいやがることがありました。私はビデオを見せたり手遊びさせたりして、楽しく吸入できるよう工夫を重ねました。

あるときの入院で、私がつかのまベッドサイドを離れていると、看護師が大泣きする理生をおさえつけて、機械的に、口に吸入のマスクを当てていました。

理生は身をよじって泣き、チアノーゼを起こし、頻脈のアラームが鳴り響く中、薬はほとんど吸いこまれていませんでした。

「やめてください。その方法では意味がありません」

と意見すると、看護師長に、

「お母さんに吸入のたいせつさをわかってもらうため、ミーティングをします」

と、呼び出されました。

病棟でお世話になっているので応対しましたが、付き添いで疲れはてているとき、内心はらわたが煮えくり返るようでした。

別の看護師には、理生が風邪《かぜ》から喘息の大発作を起こし、咳と嘔吐に苦しんでいる最中、

「子どもは、風邪をうつしたり、うつされたりするもの。理生くんだって、よその子にうつしているから、おあいこです」

と言われました。

理生は風邪をひくとすぐ入院になりますし、感染症にかかりやすいので、ほかの子と接触する機会はほとんどありませんでした。慢性疾患をもつ子の暮らしがどんなものか知ろうともせず、浅はかな言葉だと思いました。

医療者は、治療や看護のプロフェッショナルですが、その子のプロフェッショナルは、その子と身近に接している家族です。

よりよい医療を実現するには、子どもに関わる人々が、お互いに敬意をもって接することが基本ではないでしょうか。

治療に前向きになれる〝ごっこ遊び〟

身体面のケアは医療者がおこないますが、心理的なケアは、家族の果たす役割が大きいものです。

私は、治療のたびに、これから何が起きるのか、理生にわかるように説明しました。処置の前は、「痛くないよ」と、ごまかすことはせず、

「痛いけれど、すぐに終わるから、がんばろうね」

「この治療をすると、とっても元気になるんだよ」

と、話しかけ、治療や発作の後は、

「つらかったね」

「痛かったね」

「がんばってくれて、ありがとう」

と、抱きしめました。

子ども病院では、注射の後に貼るテープに、子どもが好きなアンパンマンや機関車トーマスのイラストを描いてくださる看護師さんもいます。

理生は、酸素吸入のチューブがずれないように、ほおにテープを貼っていました。イラスト入りのテープを、理生はとても喜びました。

このときの楽しい記憶があるからか、理生はいま、私が肩こりなどでカイロを使う

と、

「早く治りますように」

と言いながら、カイロの上に心をこめて、「元氣」という字と、にこにこマークを描いてくれます。


私は、海外の子ども医療について情報を集めるうち、アメリカには「チャイルドライフスペシャリスト」（医療環境にある子どもや家族に、心理社会的支援を提供する専門職）という仕事があることを知りました。

病児のメンタルケアをテーマにしたメーリングリストに入ったのがきっかけで、私はチャイルドライフスペシャリストの資格をもつ先生と知りあい、プライベートで、理生の保育をお願いしました。

私自身も、理生といっしょに、厚紙や空き箱で注射や点滴台を工作し、その作品を使って、病院ごっこをしてみました。

ぬいぐるみが「ごほん、ごほん」と咳をして、「げー、げー」と吐いて、おもちゃの救急車で、段ボール箱で作った病院に入院する。それを別のぬいぐるみが、お医者さんや看護師さんとして迎えて、酸素と薬の吸入、点滴、吸引をする。

病気のぬいぐるみは、わんわん泣いて、なぐさめられる。やがて、少しずつ回復して、プレイルームで、友だち役のぬいぐるみと遊べるようになる。

「がんばって治療して、こんなに元気になりました。みなさん、ありがとう」

と、お礼を言って、退院していく。

私と理生は、おうちに帰ってきたぬいぐるみをなでながら、

「いっぱいがんばってくれて、ありがとう。みんなに優しくしてもらって、ありがたいね。嬉しいね。元気になってくれて、ありがとう」

と、話しかける。

実際の体験をていねいになぞる、ごっこ遊びは、入院と治療をよりポジティブに受け入れるために、役立ったように思います。

「母親だから」という心の縛り

病棟では、さまざまなご家族にお会いしました。

配偶者の親族に、「うちの家系に、そんな病気はない。赤んぼうは、こっちに連れて帰ってくるな」と拒否されて、涙ぐんでいたお母さん。

何年にもなるお子さんの入院に、お母さんが付き添ううち、お父さんの酒量と暴力が増えて、別れてしまったご夫婦もありました。

お子さんが進行性の病気で、それまでできていたことが少しずつ難しくなっていくのを看護するうち、心労で倒れたお母さんもいます。

小柄なおばあさんが、その子をプレイルームで遊ばせながら、

「娘は、もうあきらめたと言います。でも、私は、あきらめません」

とおっしゃり、私は言葉を失いました。

障がいのあるお子さんを育てている、あるお母さんの悲鳴は、私の心に突き刺さっ

ています。そのかたは言いました。

「弱音を吐きたいときもある。一人になりたいときもある。でも、『母親だから、子育てをがんばるのは当然だ』って、あしらわれる」

「父に子どもの世話を頼んだら、『おまえは感謝が足りない』って説教された。障がい児の母親は、一生、『ご迷惑おかけします、すみません、ありがとうございます』って、頭を下げつづけなくてはならないの？」

「『子どもがデイケアに通っている時間は、自由に過ごせるでしょ』って言われる。そんなの、自由なんていわない。何時にどこかに迎えにいく、それが一生続くのよ。私には、もう一生、自由がない」

看護も、療育も、行政や病院との折衝も、きょうだい児の子育ても、家事も、そして在宅の仕事までこなす気丈なかたが、ふともらしたつぶやきです。

私はかつて、「母親」というイメージの重さに、息が詰まりそうだったときがあります。ストレスで体が動かなくなり、入院したとき、私は病室に診察にきた医師に、「私は、完璧な母親になんて、なれません」

と口走り、号泣しました。

とめどなくあふれる涙に、自分でも驚きながら、私は「完璧な母親」という幻想にしばられていたことに、ようやく気づきました。

自戒をこめて記しますが、子どものケアをするうえで、「母親とは」という思いこみや、「母親だからこうすべき」という押しつけは、マイナスでしかありません。

小児医療の場合、「社会的なケア」は、子どもと母親の関係をととのえることが基本です。

さまざまな事情で、子どもに向き合うゆとりをもてない人もいます。他人にそれを責める資格は、決してありません。実際に手助けできなくても、せめて周りの人たちは、心ない言葉でお母さんを追いつめることのないように、と願います。

なお、慢性疾患の子どもの育ちをサポートする社会資源は、自治体によって大きな差があり、今後の課題でもあります。

私が暮らしていた東京都世田谷区は、子育て支援をうたっていましたが、現場の意識は必ずしも高いといえませんでした。

集団予防接種のとき、私は担当者に電話をかけて、心肺の慢性疾患がある子どもで、感染症にかかると重症化することを伝え、

「人ごみに入らなくてすむように、接種時間の最初か最後に、枠をとってください」

と頼みました。

担当者は、「前例がない」と、ためらった後で、

「ほかのお母さんから文句が出ると困るので、できません」

と答えました。

子どもの健康と福祉に関わる公的な立場の人さえ、おとなの都合や自分の立場を優先して、柔軟な対応ができないのです。このような社会で、子育て、まして病児を育てることは、とても大変なことだ、と痛感しました。

もう一つのファミリー

理生が幼いころ、私と理生の関係は近すぎて、いつも心と心がくっついているよう

な状態でした。

6歳のとき、理生は、

「ママとぼくは、ひもで結ばれているの。虹色の、伸びたり縮んだりする、ひも。神さまが、結んでくれたの」

と言いましたが、私もまさにそうだったと感じます。

理生といっしょにいると、その「虹色のひも」を通して、私の生命力が理生にたえず流れこんでいくようで、私にはそれをコントロールできませんでした。

理生が体調を崩すたびに、私も倒れ、何度か入院しました。

そんななか、母はいつもあらゆる面で私をサポートし、無条件の愛で理生を包んでくれました。母は、理生の看護と暮らし全般に力を尽くしてくれ、涙にくれる私を、

「あなたは、すべての体験を、人生の糧にすることができる」

と、励ましつづけました。

そのおかげで、私は心身のゆとりがもてましたし、理生は幸いにも、祖母と豊かな関わりをもつことができました。

理生には、のちに、とても個性的な感性があることがわかってきました。

この世の仕組みに慣れてもらうにはどうしたらいいか、私はとほうにくれるだけでしたが、母は愛と知恵を尽くして理生のサポートをしてくれ、それはいまも続いています。母の考案した方法のいくつかは、専門家にも認められました。

母がいなかったら、理生も私も、すでにこの世にいなかったでしょう。私は母に、この身体を産んでもらいました。そして、理生の誕生をきっかけに、ふたたび新しい人生を母から授けられたのだ、と思います。


夫もまた、文字通りいのちをかけて、理生を守ってくれました。夫は、帝王切開手術の前、おなかの中にいた理生に、

「どんな病気でも、ぼくは一生きみを守るからね。安心して、生まれてきてね」

と誓い、有言実行を貫いています。

夫は、のべ二年近くの入院中、毎晩夜通し、休日は日中も理生に付き添い、看護師さんの間で話題になるほどでした。

理生が赤ちゃんのときは、身動きしたらすぐわかるように、おなかの上に鈴のおもちゃを並べ、ぐずるとすぐに抱き上げて、あやしつづけました。

付き添いの狭いベッドで眠るうち、夫は腰を傷《いた》めたため、

「理生は、ぼくが腰を傷めて産んだ子だ」

と、よく冗談めかして語っていました。

ふしぎなのですが、理生が痛みや苦しみを訴えるときは、夫も同じように、自分の体につらさを感じるようでした。

理生にとって、パパはヒーローです。小学生になると、理生は友だちに、

「ぼくのパパは、すごいよ。強いんだよ。地球を守っているんだよ」

と、誇らしげに語りました。

同じころ、理生は嬉しそうに、こう言ったこともあります。

「ぼくは、地球を守る。地球をどんどん、大きくするんだ。パパのパワーをたくさんもらったから、だいじょうぶ」

のちに、私が、

「『地球を大きくする』って、どういうことなの」

と尋ねると、理生は、

「幸せをふくらませる、ということ。幸せで、地球を包みたい、ということ」

と、答えました。

「地球を幸せで包む」というイメージが、心の奥深くに刻みこまれたのは、夫のおかげでしょう。理生にとって、パパは、身体という「いのちの星」を、大きな胸で抱きとめ、包みこみ、精魂こめて守ってくれたのです。

夫は、理生の病気についても、理生への接し方についても、私を批判したことは一度もありません。夫はただ、自分がすべきと思うことを、淡々と実行していました。

「理生はどうして病気で生まれたのかな」

と私が嘆いても、夫は私の感情の渦にはいっさい巻きこまれず、

「何が悪いとか、何が原因だとか、そういうことは、考えなくていい。過去をふり返っても、意味がない。理生が元気に幸せに育つにはどうしたらいいか、これからのことだけを考えよう」

と言いました。

夫が理生の看病に全力を尽くしたのは、心身のストレスで寝込みがちな私の負担を軽くして、私を支えるためでもありました。

夫の責任感と誠意と行動力を、私は尊敬しています。

それでも、ほとんど眠れない日々が続き、次々と心配ごとが押し寄せるなかで、私たちは互いにいらいらし、口を利かなくなった時期もありました。

子どもが生まれると、さまざまな感情が、とても鋭敏に感じられます。まして、子どもが病むときは、家族ぜんたいが病むものです。

夫婦は他人で、生い立ちも、暮らし方も違います。人間関係は時間とともに変わり、ときには離別という選択もあるでしょう。

私たちはたまたまその方向には進みませんでしたが、石と石がぶつかり合って丸くなるように、心の中で未消化だった何かを、たくさん手放してきました。そのプロセスは、今後も続くでしょう。


出合ってから理生が生まれるまで、夫は私の白馬の王子さまでした。

葛藤を経て、恋人としての愛を超え、ファミリーとして愛を学ぶステップに進めたことを、私は幸いに思います。

ふり返ると、私たちは「子どもの病気」というテーマにとりくんでいたのではなく、

「愛を学ぶ」というテーマに、それぞれの立場から関わっていたのだと感じます。

正面から見つめ合うのではなく、隣に座ってともに水平線をまなざし、永遠の向こうで視線が合う、そのような関係でいたいものです。

ファミリーとは、血縁や同居の別で決まるのではなく、たましいのつながりを感じられる人が、ファミリーなのだと思います。

理生のおかげで出合った、たくさんの優しい心も、もう一つの私のファミリーです。

10年かけてようやく、私はそんな心境にたどりつきました。

祈りの力

「霊的なケア」についても記したいと思います。

先に述べたように、WHOに提案された「健康」の定義には、「身体的、心理的、霊的、社会的に完全に良好な動的状態」とあります。ここで示された「霊的に(spiritual《スピリチュアル》)」という英語のニュアンスは、よくわかりません。

ただ、私はこう思います。人は、大いなるいのちの網の目の、かけがえのない結びめの一つとして、生きている。そして、霊性とは、それに気づく感性ではないか、と。

最もシンプルで基本的な「霊的なケア」とは、大いなるいのちの流れに思いを馳せて、調和を祈ることだと思います。

理生は、5、6歳のころ、こんなふうに語っていました。

「ずっと、ずっと、ずっと前、ぼくはいなかった。心も、なかった。さいしょに、心の目や鼻や口が、はえてきた。時間がかかった。それから、体の目や鼻や口が、できてきた」

「生まれる前の赤ちゃんは、心の目で見る地球を守っている。生まれたら、体の目で見る地球を守るんだよ。もちろん、心の目で見る地球も、同時に守るけれどね」

理生によると、「心の目で見る体／地球」と、「身体の目で見る体／地球」があって、それらは重なり合って存在しているようです。

地球

「海に手を入れると、世界中の人と手をつないでいる気がする。とりわけ悪いことをした人とも、とりわけよいことをした人とも、つながっている気がする。地球のいまと、手をつなげる気がする」

「夏になって、体じゅうで海に入ると、時間がまきもどしになって、地球の昔と握手した気持ちになる。地球のいのちが始まるころの昔とも、握手した気持ちになる。昔とつながると、うんと未来の地球とも、握手している気持ちになる」

理生が生まれる前、アメリカ先住民族のサンダンスに参加したことがあります。ミネソタの赤い大地でステップを踏んでいると、地平線から音を立ててお日さまが姿を現しました。

世界のどこかで人びとが祈りつづけているから、地球は回っている。地球が丸いのは、昨日から明日へ、いのちのリレーをするためなのでしょう。

祈りや気功のようなヒーリングは、「心の目で見る体」に働きかけるのかもしれません。


私は心あたたかい友人に恵まれ、理生の心臓手術の前は、

「お祈りしているからね」

と、口々に励ましていただきました。

友人たちは、私を直接知らないかたにも、

「友だちの子の手術が、この時間から始まるの。いっしょにお祈りしてね」

と、声をかけてくださいました。

また、そのほかにも、ブラジルにあるヒーリングセンターに、祈りによる遠隔治療をお願いしたことがあります。

そのセンターには、理生が生まれる前、夫と訪れたことがありました。

夫は、ブラジルで環境や人権に関する調査をしていたことがあり、結婚後も、スラムに学び舎《や》をつくるプロジェクト支援で、のべ2か月ブラジルに滞在しました。

リオデジャネイロにいたとき、私は現地の友人からヒーリングセンターがあると聞

き、夫に頼んで連れていってもらいました。

そのセンターは、深く敬愛されたカトリック修道士が亡くなった後、その地にお姿を現したことから設立されました。多くのボランティアが関わり、貧しい人たちの医療と生活支援の場にもなっています。

私たちはセンターを見学した後、ブラジル人のヒーラーに手を当ててもらいました。私には変化はわかりませんでしたが、夫はおなかの内側から温かいものが噴きだしたのを感じ、シャツは赤い液体で染まりました。ヒーラーさんが、

「過去生からの骨の問題を血に転写して、外に出しました」

と説明して、夫の手のひらに手をかざすと、どこからともなくアメジストのような紫色の小石が現れて、夫の手のひらにぽとんと落ちました。

その後、夫のがんこな腰痛はきれいに消えました。


霊的なヒーリングは実在しますが、何かにすがるシステムに巻きこまれることは、トータルな健康を実現していく妨げになります。

また、むやみな解熱剤《げねつざい》が害になるように、病むことによって何かが調整されている

お地蔵さん

「お祈りしているときの心は、虹色で、太陽の光と同じくらい、輝いている。あたたかいというか、熱いという感じ。熱いと感じることで、祈ることができる。人は、仏さまや神さまと、交信ができる。心の交信をしないと、おまいりしたことにならない」

理生は仏さまが大好きで、私の誕生日に、お地蔵さんの絵をプレゼントしてくれました。

とき、念力のようなもので症状を抑えこむのは、かえって問題でしょう。

その点、そのセンターでは、病気にはさまざまな要因があること、霊的に必要な病気はヒーリングで治せないこと、世界の霊的伝統を等しく尊重すること、謝礼は志でよいことが明言されていたので、信頼できると思いました。

遠隔治療をお願いして、指定された日の夜、理生、夫、私は、白い服を着て、明かりをすべて消し、眠りにつきました。

翌朝、目が覚めると、理生の下着の胸のところと、私のスパッツのくるぶしのところが、赤く染まっていました。

そのヒーリングで、なにかが劇的に改善されたかどうか、私にはわかりません。

ただ、見知らぬどなたかが、地球の裏側にいる赤ちゃんのために祈ってくださったことはとてもありがたく、そのことじたいに、救われる思いがします。

学ぶために、生まれてくる

9歳のある日、理生は、

「ママ、ぼくのお話をメモしてね」

と、私のそばに寄ってきて、かなり長い「お話」をしたのですが、その一部に、こんな言葉がありました。

「人がここ（この世）に来るのは、新しいことを学ぶためだ。ここに来るのは、たましいの寄り道のようなものだ。ここで学んだら、死んで、もとの世界に還っていく。学ばないと、次のところに進めないんだ」

私はそれまで、輪廻転生《りんねてんしょう》の思想について話したことはありません。

にもかかわらず、「いのちは、ぐるぐる回っている」という素朴な感覚が、「たましいの学び」というイメージにつながっていくのは、興味深いと感じました。

癒しについては、かつて読んだ本に、印象的なエピソードがありました。

それは、心を閉ざし、だれに対しても辛辣《しんらつ》にふるまっていた女性の実話です。

彼女は、難病で激痛にさいなまれるうち、世界のすべての人々の苦しみに、思いを馳せるようになります。人種も年齢もさまざまな人たちが、病院で、爆弾の飛び交う戦地で、貧しい町の路上で、それぞれの痛みを抱えながら死と向き合うイメージが、鮮やかに浮かんだのです。

そのとき、彼女はたましいの深いところで、心と心が響きあうのを感じて、世界に心を開きます。そして、安らぎの中で亡くなるのです。

癒しとは、必ずしも身体の健康を取りもどすこととはかぎらない。癒された死もありうるのだ、と知りました。

生死を超えて、季節のようにめぐる何か。どんなときも、決して損なわれない何か。それに深く気づくことが、「癒されること」なのでしょう。


心と身体は深く響きあっているために、心のあり方が変わることで、難病から奇跡的に治癒したという体験談は、めずらしくありません。

とはいえ、「心が治れば、体も治る」「病気をつくったのは自分だから、消すのも自分」という考え方は、かなり一面的でしょう。

特に、子どもの病気の場合は、「母親の心のあり方に問題がある」とする人もいて、苦しめられているお母さんも少なくありません。

心のあり方が変わっても、身体的な治癒がもたらされるとはかぎりません。それは、身体に働きかけても、必ずしも心の変容がもたらされるわけでないのと、よく似ています。

因果律というのは、別々の二つの現象に関係性を見いだすため、仮にかぶせた網のようなものではないでしょうか。

「心と身体のどちらが根本原因か」という問いの立て方は、「時間は過去から未来に一方向に流れる」という仮定と同じくらい、限定的な発想だと思います。

理生は、こうも言っていました。

「病気になる理由は、人によってそれぞれ。でも、ぼくのいまいえる言葉は、病気は、体を丈夫にするためにある、ということ。

病気をすると、新しいことが入って、古いものは飛んでいく。あまり悪い病気だと、治療がたいへんかもしれないけど、大きなことを学んでいるのだと思う」

このとき丈夫になる「体」とは、目で見える「身体」とはかぎらないでしょう。病気という体験を知恵に変えて、「心の目で見る体」をケアできるようになったとき、「心の目で見る体」が、より丈夫になるのかもしれません。

人という存在は、「身体の目で見る体」と「心の目で見る体」が何層にも重なり、それぞれの体が楽音を奏でている、ポリフォニーのようなものに感じられます。

複数のメロディーがばらばらに進行するようになったとき、結節点をとらえてそれらを束ね、ふたたびハーモニーに導いていくプロセスが、癒しではないでしょうか。

メロディーが調和したとき、それは、身体の治癒としてあらわれるかもしれない。けれど、ハーモニーをとり戻してすぐ、その楽曲は演奏を終えるかもしれない。それは、この世における死かもしれない。

それでも、音のやんだ空間に、こんどは沈黙という音楽が鳴り響きます。

エネルギーは消えず、ひとたび放たれた響きはかたちを変えて、この宇宙を充《み》たしつづけます。

音はいつか鳴りやみ、しかも演奏のうしろからは、いつも沈黙があふれ出している。

癒しとは、プロセスであり、それは祈りつづけることだと思います。

安《あん》心《じん》して生きる

9歳のある日、子ども病院のエレベーターホールで、理生はふっと私に寄り添い、手をつないできました。

エレベーターの位置を示すランプが、病棟のある上階についているのを見て、私はつぶやきました。

「これまで、よく生きてきたね」

私の心に、いまも入院している子どもたちの姿が浮かびました。

「どうして、子どもが病気になるのかな。みんな、元気になるといいな。どうして、小さい子が、亡くなってしまうのかな」

と、独り言をいうと、理生は私の手を引っぱって、こう言いました。

「死ぬのは、怖いことじゃないよ」

驚いて理生を見ると、理生は真剣なまなざしをしていました。

「病気で死んでしまう子どももたちもいる。それは悲しいけれど、体はなくなっても、心は残る。たましいは、必ずある」

私が黙っていると、理生は続けました。

「悲しみも、いつか消えていく。それに、死んだら、また新しいことを学べる。だから、死ぬのは、たいせつなこと」

本質的には、きっとそうなのでしょう。

けれど、そのときの私は、心情として、子どもの死を「たいせつなこと」として受け入れることはできない、と思いました。そこで私は、

「子どもが死んでしまうことほど、親にとって、つらいことはないよ。いのちの心配のない病気でも、苦しんでいるのを見るだけで、すごくつらいよ」

と言いました。理生は、

「ママは、そういうよね。ママの気持ち、わかるよ。おとなにとっては、そうだよね」

と応えて、私の手をぎゅっと握りました。

生きていてほしいという願いと、大いなるいのちの流れにゆだねるあきらめ。

その揺らぎのなかに、私たちは、この世での日々を重ねているのだ、と思いました。

「災難に逢う時節には、災難に逢うがよく候《そうろう》。死ぬ時節には死ぬがよく候。これはこれ災難をのがるる妙法にて候」

という、良寛上人《りょうかんしょうにん》の言葉があります。

人間は、いつかは死を迎えます。死から目を背けていると、つねに不安の種を抱えることになります。見ようとしないものほど、その影は大きくなるでしょう。

本質的な意味では、人は寿命で逝くのであり、病気で死ぬのではありません。

病をきっかけに、「人は死ぬべき存在だ」という事実を見つめられることを、私はむしろ恵みととらえよう、と決めました。

死から目を背けていると、それを連想させる病は、忌《い》むものとされます。酸素ボンベを担いで歩いていると、いろいろな人に会いました。

「この教えを信じれば、必ず治ります。あなたは子どもを治したくないの？」

と、問い詰められたこともあります。その人は、それを信じるようになった理由を、

Rio's Art

ハート

「一人ひとりの心に、ちいさなハートがあって、地球の真ん中にある大きなハートにつながっている。だから、ハートはみんな、つながっている」

理生によると、人間の考えは、まず神さまの心と「いしんでんしん」して、神さまに伝わってから、神さまの心を通して、仲間の人間とも「いしんでんしん」できるのだそうです。

小さなハートとハートは、大きなハートを介してつながっているから、言葉を話さない人とも、亡くなった人の思いとも、友だちになれるのでしょう。

こう語っていました。

――結婚してすぐ、地方から東京に出てきて、親戚も友人もいなかった。生まれた赤ちゃんに、アトピーがあった。かゆがって泣き、毎晩、眠ることもできない。かきむしって血まみれになる子を前に、夫は頼りにならず、相談できる人もいなかった。ただひとり、近所で話を聞いてくれた人が、その宗教を勧めてくれた――。

アトピーは、お子さんの成長とともに、落ちついたそうです。それでも、彼女の心に安らぎは戻りませんでした。彼女は脅えた目をして、

「いずれ天変地異が起きる。あなたも生きのびたかったら、信仰してください」

と、うつろな声で言いつのりました。

取引や脅迫というコミュニケーションは、私は好きではありません。相手が人間だろうが見えない存在だろうが、打算的な関係とは、距離を置きたいと思います。

つきまとわれたときは迷惑なだけでしたが、いま当時をふり返り、彼女の孤独に思いを馳せると、ただただ、胸が痛みます。

傷つき痛むのは、身体だけではありません。心もまた、血を流すことがあります。

とはいえ、身体に自然治癒力があるように、心にも、自らを癒そうとする力があり

ます。それを発揮できる環境をととのえられるかどうかに、社会の文化的な成熟が問われるのではないでしょうか。

恐怖という感情は、簡単に燃えあがり、圧倒的に感じられます。

また、恐怖は、簡単に偽装します。「死ぬのは怖くない」と口走ることが、じつは恐怖を直視できない弱さゆえのこともあります。

淡々と生きることの尊さを、私は思います。「永遠のいのち」に思いを馳せることは、淡々と生きるための、杖になるかもしれません。

私にとって、「信じること」は、大いなる何かに対して、すべてをあけ放つことです。

「神さまから見て、最も善いことがおこなわれますように。

その善いことが、どうか、理生が健やかに大きくなることでありますように。

病をもつことが、もし理生にとって最も善いことなら、病とともに幸せな日々を歩めますように」

それが、私の祈りです。

子どもに伝えたい2つの言葉

理生は、明日の朝も、目を覚ましてくれるだろうか。

不安に押しつぶされそうな日々を過ごしていたとき、私は「子煩悩《こぼんのう》」という言葉の意味を痛感しました。

子は子の運命を生きるにもかかわらず、親はそれがよりよきものであれと願い、せいいっぱい腕をのばして、包もうとします。

子の運命がどうしようもなく気にかかる、それは煩悩であり、その大波に翻弄《ほんろう》されながら、親は自らの心の姿を目の当たりにします。

自分が何をたいせつに思い、何を怖れ、何を望んでいるのか。どんな恵みをうけ、どんなことに傷ついてきたか。

子が鏡となることで、親の心には光があたり、その幅はしだいに広がっていきます。

その意味では、子煩悩とは、気づきへ向かう舟かもしれません。

子をあずかりものとして、私なりにその育ちに貢献したい。

そう願ったとき、私は、理生の身体にも心にも、栄養を与えたいと思いました。「おなかいっぱい」と「胸いっぱい」の、二つです。

身体の栄養が食べものなら、心の栄養は愛で、「胸いっぱい」の目安は、笑顔でしょう。

私は、理生が理生としてそこにいることに、「ありがとう」と「大好き」を、伝えつづけました。


心と心が深くつながるとき、その奥には、「ありがとう」の言霊が響きます。

理生は、最初のペースメーカーの手術後も、「ありがとう」と語りつづけました。

暮らしの中で、ひんぱんに、

「ママ、パパ、ぼくを守ってくれて、ありがとう。

神さま、ありがとう。ぼくにみんなをくれて。

みんな、ありがとう。だいじに育ててくれて、ありがとう」

と言うのです。

4歳のとき、食事中、家族みんなを見回して、ふっと涙ぐんだことがあります。

「どうしたの」

と尋ねると、

「ぼくは、うれしくて、泣いているの。みんなが、いるから」

と、うるんだ瞳で、にっこり笑いました。

寝しなに、語りだしたこともあります。

「長生きする、ママ、長生きする、パパ、長生きする、ばば、長生きする、ぐぐ（おじいちゃん）、長生きするマロン（愛犬）、長生きする、○○さん……」

そして、思い浮かぶかぎりの人の名前をあげてから、

「長生きする、地球のみんな。いのちを、ありがとう。

地球のみんな、生きていてくれて、ありがとう」

と言い、満ち足りた笑みを浮かべて、眠りにつきました。

私は理生のおかげで、呼吸すること、心臓が動くこと、体が動くこと、食べられること、すべてがどれほど奇跡的なことか、思い知らされていました。

理生の発育が早かったら、私は「できること」をほめて、さらなる成長をうながそうとしたでしょう。

けれど、ゆっくり流れる時間をともにするうちに、「できる」「できない」の分別は、どうでもよくなりました。

できることが増えていくことには感謝し、いのちに宿るちからに感嘆しますが、ほめることではありません。ほめるというコミュニケーションは、自分の価値観から相手を判断していて、子育てにそぐわないと感じます。

それは自然にわき起こった思いでしたが、そう自覚することで、私は生きることが少し楽になりました。

私には、「よりよい自分」になるよう努力すべきという、いつも追い立てられる感覚がありました。ほめることから解放されたとき、私自身も、ほめられるために自分を変える必要がなくなったのです。

ほめられたかったのではなく、生まれてきたことそのものを、認められたかった。

そう気づいたとき、私は、心とちぐはぐな言葉をかけない、と決めました。

「できるようになって、すごいね」ではなく、「大きくなってくれて、ありがとう」。

「お手伝いしてくれて、えらいね」ではなく、「助けてくれて、ありがとう」。

本質的には、「生まれてくれて、ありがとう」「あなたが大好き」という二つの言葉が、心の奥の気持ちを表しているのだと思います。

いまも、理生は「ありがとう」という言葉が、大好きです。

理生は、私が体調を崩したときや落ちこんでいるときなどに、よく手紙をくれます。

こまごまとしたことが記されているわけでなく、たいていは、

「いつもありがとう。大好きだよ！　りお」

という手紙です。

笑っているような、踊っているような、理生の優しい字を目にするたびに、私の口元には、ほほえみが浮かびます。

そして、あらためて、人が人に伝えたいことは、つきつめるなら、「ありがとう」と「大好き」の二つなのだろう、と思うのです。

心を守る、体を守る

子どもの育ちをサポートするときは、栄養を与えるのと同じく、毒物から身体と心を守ることも、たいせつです。

赤ちゃんにお酒をのませると、身体の健康を損ねるように、憎しみや争いのお話は、子どもの心に傷をつけます。

子どもの心は茫漠《ぼうばく》と広がり、世界のあらゆるものを感じとっているので、そのうえさらに強い刺激を与えるのは、負担が大きすぎます。

理生が小さいころ、たまたまつけたテレビでドラマの予告編が始まり、殺人シーンが流れたのを見て、私はショックを受けました。残酷なイメージを見せるのは、たばこの副流煙を吸わせるのと同じ、虐待《ぎゃくたい》にあたります。

それ以来、理生に見せるものは、内容が把握できるビデオだけにしました。入院中はテレビを見せましたが、粗暴なシーンが始まるとすぐ消しました。

また、同じように、有害な人間関係からも、影響を受けないように心がけました。理生が東京の世田谷区立幼稚園に通っていたとき、副園長と保育者の対応に、根本的な疑問を感じる事件が起きました。

正当な理由なく、遠足への参加を拒否されたのです。行き先は動物園で、家族で何度も訪れたところでした。

当時、理生は日中も酸素吸入をしていたので、支援員さんがついていました。ただ、喘息の発作を起こしていないときは、呼吸はかなり安定していて、短時間ならチューブを外しても問題なく、とことこ走ったりジャンプしたりもできるようになっていました。

私は、遠足の全行程を私が付き添うこと、主治医の意見書を提出すること、母が自家用車を動物園の駐車場に待機させ、何かあったらすぐ連れ帰ること、私の責任で参加させるという念書の作成まで、申し出ました。

ところが、副園長は、うっすらと笑いを浮かべながら、

「理生くんは、みんなといっしょにできないことが、これからどんどん増えていきます。遠足に行かれないのは、がまんを覚える、よい体験になります」

と、理生の前で言い放ちました。

理生の疾患は進行性ではなく、幼稚園には、書面でも面談でもそう説明してきました。子どもの現状を理解しようとしないで、子どもと関わる資格はありません。

しかし、決定的に不快だったのは、副園長が「進行性の疾患」と思いこんでいる子の親に、子どもの目の前で、「みんなといっしょにできないことが、これからどんどん増えていきます」と言い放つ、冷酷さでした。

進行性の疾患のお子さんならなおさら、できることをできるときに、無理のないかたちで体験させるのが、基本でしょう。

副園長は保育歴が長く、「子育ては愛が基本です」と、公の場で講演することもありました。しかし、私への対応を考えると、パワーハラスメントは日常化しているだろう、と推測できました。

被害にあったのは、私たち母子だけではないはずです。そこで、以前から気になっていたお母さんに連絡をとると、お子さんがしのびがたい状況にあることがわかりました。

私は弁護士に相談し、経緯をまとめた文書を作成して、園長先生と教育委員会に提出しました。

園長先生は、隣接する区立小学校の校長を兼任していて、幼稚園の現場は副園長がしきっていたため、実情をご存じなく、ショックを受けておられました。

その後、幼稚園には、専門機関の指導が入りました。

幼稚園からは全面的な謝罪があり、ひきつづき通園するよう慰留されましたが、私は事件後いちども理生を登園させず、そのまま退園させました。

子育ても保育もハウツーではなく、接するおとなの心がけが反映されるものです。対応マニュアルが変わっても、心映えはすぐには変わりません。そして、人の思いは、行動や言葉などのかたちにならなくても、気配として必ず伝わります。

私は、地域に住むおとなの責任として、幼稚園の実情を関係者に知らせ、改善のチャンスは作りました。

しかし、守るべき子をもつ当事者としては、感染症の対策のように、心映えを信頼できない人たちとは距離をおくのが望ましい、と判断しました。

人と人、心と心をつなぐ歌

理生はその後、私の尊敬する先生が代表をつとめる、ユニークな保育で名高い、子どもクラブに通いました。

そこは、繊細な子もわんぱくな子も、障がいのある子もない子も、たっぷりの愛情と自然の中でのびのびと過ごせる、子どもの楽園でした。

保育者さんたちは心からの子ども好きで、子どもから学びつづける意欲と能力があり、音楽や絵本や造形など、現代の保育文化を担うアーティストでもありました。

区立幼稚園では遠足の参加を拒否された理生が、その子どもクラブでは、友だちとたわむれつつ長い距離を歩きました。

泥だらけになってお芋を掘り、木登りしてツリーハウスで遊び、ザリガニ釣りや凧揚げに夢中になりました。空き箱で獅子頭《ししがしら》をつくり、カーテンの布地をつけて、獅子舞ごっこで練り歩きました。

たった半年間でしたが、家庭を離れた場所で、心と体を尊重される体験ができたことは、かけがえのない財産になりました。

卒業のとき、子どもたちはたくさんのプレゼントとともに、一人ひとり思い出を読みこんだ、オリジナルの歌を贈られました。

楽曲を録音したCDは、キーボード、ギター、パーカッションなどにボーカルをのせたすばらしい仕上がりで、手作りのぬくもりにあふれていました。

「いんやくりおくんのうた」の中には、こんな歌詞があります。

走る走る　りおくん走る
前へ前へ　汗かきながら
やった　アンパンくらいつく
パンくい競争　いちばん！

この歌をうたうたび、私の心には、運動会のパンくい競争で真っ先にアンパンをくわえ、あたたかい声援の中を全力疾走して、一位でゴールした理生の姿があざやかに浮かびます。

CDには、そんなふうに、一人ひとりの子どものきらきら輝く瞬間が、心はずむメロディーと明るい歌詞とともに、刻みこまれていました。

私たちは、「いんやくりおくんのうた」だけでなく、たくさんの友だちの歌も、繰りかえし聴きました。そして、心をつなぎ、時間をつなぎ、生きることを祝う、音楽の原点を学びました。

小学生になってから、私たちは思いがけないかたちで、子どもクラブの世界と、ふたたび出合いました。

一年生のある日、私が理生をクラスに迎えに行くと、担任の先生のいない教室で、子どもたちがラジカセをつけて、手話のふりつけをしながら歌をうたっていたのです。

ともだちに　なるために
人は　出会うんだよ

どこの　どんな人とも
きっと　わかりあえるさ
ともだちに　なるために
人は　出会うんだよ
同じような　優しさ
もとめあって　いるのさ

今まで出会った　たくさんの
君と君と　君と
君と君と　君と君と
これから出会う　たくさんの
君と君と　君と
君と　ともだち

ともだちに　なるために

人は　出会うんだよ
一人　さみしいことが
誰にでも　あるから
ともだちに　なるために
人は　出会うんだよ
誰かを　傷つけても
幸せには　ならない

（「ともだちになるために」作詞：新沢としひこ、作曲：中川ひろたか）

最初は数人で歌っていたのが、教室のあちこちにいた子どもたちが、その場で次々と歌いだし、さいごはクラス全員の大合唱になりました。

子どもたちは、満面の笑みを浮かべ、

「今まで出会った　たくさんの　君と君と　君と　君と君と　君と君と
これから出会う　たくさんの　君と君と　君と　君と　ともだち」

と歌いながら、「君と君と　君と」というところで、お互いを次々と指さして、目を輝かせていました。

理生は子どもたちの真ん中で、友だちに囲まれて、大きく手話のふりつけをしながら、こぼれそうな笑顔で歌っていました。

私は教室の入り口で立ちつくし、身じろぎひとつできませんでした。


家に帰ってから、私は理生に言いました。

「すばらしい歌ね。ほんとうのことが、歌われているね。おとながみんな、あの歌をちゃんと覚えることができたら、きっと世界中が、幸せでいっぱいになるね」

そして誇らしく思いながら、理生に伝えました。

「『ともだちになるために』を作詞した人も、作曲した人も、理生があの子どもクラブに通うずっと前に、あそこで保育をしていたのよ」

「ほんとう？　すごいね」

理生は、にっこり笑いました。

〝あたりまえ〟に思えることも、神さまからのプレゼント

理生が通っていた子どもクラブの代表の先生は、卒業生のお母さんたちに、子どもクラブを「第二の実家と思ってね」と、おっしゃいます。

ご縁とは、つくづくありがたく、嬉しいものです。

その子どもクラブは自宅から遠かったので、区立幼稚園の事件がなければ、思いきって通わせることはなかったでしょう。

理生の心肺疾患は、人の心もようをあざやかに映しだす窓になりました。

「愛の反対は、憎しみではなく、無関心です」

という、マザー・テレサの言葉があります。

教育や医療の現場で、人間関係で、病児とともに歩みながらぶつかった壁は、それぞれまったく別のトラブルではありません。

それらの根底に共通して流れるのは、他者の痛みへの、無関心です。

そして私たちは、障がいのために愛の欠如に敏感にさらされるからこそ、その裏表として、人の心の優しさにも、深く気づかせてもらいました。

いまふり返ると、理生の身体的条件は、御伽草子《おとぎぞうし》に登場する「鉢《はち》かづき姫」の鉢のようなものでした。

鉢かづき姫のものがたりでは、姫の母親が亡くなる前、観音《かんのん》さまのお告げで、姫の頭に大きな鉢をかぶせます。

姫は、異形《いぎょう》の者としていじめられ、絶望して川に身を投げますが、鉢が浮かんで死にきれず、流されます。そして、流れついた町のお屋敷で働くうち、鉢によっても隠しきれない、美しい心映えと手を、若ぎみに見初《みそ》められます。やがて、鉢は割れて、中から宝ものが見つかり、姫は幸せをつかみます。

私は幼いころ、初めて「鉢かづき姫」の絵本を読んだときから、そのものがたりには、幸せのひみつが描かれている、と感じていました。

入水《じゅすい》するほどの苦しみが、馴れ親しんだ町から、新しい世界へヒロインを導いたこと。鉢に覆われていたからこそ、心の目で、人と見つめあえたこと。

「試練をもたらした鉢に、ほんとうは守られていた」という運命を受け入れたとき、障害としての鉢は、割れます。そして、ヒロインは生まれ変わった姿で、この世に立ちあらわれるのです。

人生のなりゆきは、思うように進まないこともあります。それでも、たましいの深い望みは、いつも何らかのかたちで、この世で花開こうとするものなのでしょう。

ほんとうの望みの花束は、ふうがわりな包装紙に包まれて、手渡されるのかもしれません。せっかく授けられたそれを、ていねいにひもとき、喜びたいと思います。

理生が8歳のときの、散歩中のおしゃべりを、思い出します。

私たちは手をつないで、坂をゆっくり上っていました。理生が息をきらしたので、私たちはそばの公園に入り、腰を下ろしました。

住宅地の中で、そこは小さなサンクチュアリでした。そよ風が木々の梢《こずえ》を揺らし、木漏れ日がちらちらと踊っていました。

小鳥のさえずりに耳を澄ませるうち、私はふっと、心がゆるむのを感じました。

「幸せね」

と、つぶやくと、理生は、

「ママ、あのね。ぼくは、いま、奇跡について、考えているんだ」

と、ぽつりと言いました。

「奇跡って、なんだろう。

奇跡っていうのは、神さまからの大きなプレゼントだって、ぼくは思うな」

「そうね」

と応えると、理生はしばらく考えて、こう続けました。

「それで、あたりまえに思えることは、神さまからの小さなプレゼント。

どっちも、神さまからのプレゼントだよ」

私たちは目を合わせて、にっこり笑いました。

「ほんとうね。いまこうしているのも、奇跡よね」

これからどのような季節がめぐろうと、その穏やかなひとときは、私の心に、永遠にきらめくことでしょう——神さまからの、かけがえのないプレゼントとして。

Part 3

生まれる前からの
いのちのふしぎ

見えない友だち

理生はかつて、「見えない友だち」について、よく語っていました。

最初に、その友だち「げげ」について聞いたときのことを、私は覚えています。理生は4歳で、私たちは一階のリビングでお絵かきをしていました。理生はふいに、

「いま、上に、〈げげ〉がいる」

と言い出しました。

「ぐぐ（おじいちゃん）は、お出かけよ。お二階には、だれもいないよ」

「ちがうの。ぐぐじゃなくて、げげなの」

そして、理生は「げげ」の絵を描きました。

理生の説明によると、げげは、おばけで、頭と胴の区別がない、ずんぐりした姿をしています。手はないけれど、頭にアンテナがついていて、アンテナから「心のちから」を発揮して、ものを動かすのだそうです。

足は見えないけれど、すべるように動き、そのときゴロゴロという音がするので、下のほうにタイヤがついているのだろう、と言っていました。

その日を境に、理生はひんぱんに、げげについて話すようになりました。

げげには友だちがたくさんいて、みんなで「げげランド」に住んでいます。理生は生まれる前、「げげランド」にいたことがあり、げげたちと、とても仲良しなのだそうです。

理生は眠っているときや、起きてぼうっとしているとき、心を「げげランド」に飛ばして、げげたちと遊ぶことができました。ときには、げげが家に来て、理生と遊ぶこともありました。

7歳のある日、理生はとつぜん、

「げげランドが、壊されちゃった。夢で遊びに行ったら、工事中の柵があった」

と、がっかりしたように言いました。

その後、理生はげげの話をあまりしなくなりましたが、9歳の春、げげは久しぶりに、理生の夢に現れました。

そして、その夢で、げげに告げられたメッセージがきっかけの一つとなり、私たちは東京を離れて、沖縄に移住しました。

何も知らずに飛びこんだ、地縁も血縁もない沖縄でしたが、この土地で、理生は体も心も救ってもらいました。

名医の先生に出合い、難しい不整脈を手術していただきました。文化的にも、沖縄は理生の感性にぴったり合い、三線という、生涯の親友ともめぐり合いました。

引っ越した家の近くには、由緒ある御嶽（琉球の信仰における、自然崇拝の聖地）があり、私たちはそこで、何度もふしぎな体験をしました。

理生は生まれる前、たましいだったとき、その御嶽で遊んでいたことがあるそうです。げげも、その御嶽を経由して、げげランドの友だちをたくさん連れて、我が家に遊びに来てくれました。

げげが何者なのか、私には、わかりません。たぶん、「何者か」という論理的な定義づけをするのは、難しい存在なのでしょう。

あけぼののやたそがれのように、光と闇のあわいの空間に、昼と夜のさかいの時間に、息づく生きものかもしれません。

理生が生まれてから、夢と現実の境界がゆらゆら溶けだすような感覚を、私は何度も体験しました。

私には、生まれる前に還ってしまった赤ちゃんがいますが、理生はその子ともコミュニケーションしています。

理生は、そういう感覚を「心の目で見る」と言っています。そのような能力は、子どもの多くに備わっているものでしょう。

子どもは、心の奥を流れる地下水脈からイメージを汲みとり、異種の生きものと語り、見えない友だちと遊びます。

おとなにとってはテーブルでしかないものが、洞窟になり、岩山になり、天を翔《か》けるペガサスになります。

子どもにとっての「現実」は、おとなが思うような固定したものではなく、波のように揺らぎながら何層にも重なる、夢に近しい世界です。

そんな感覚は、決して劣ったものでも間違ったものでもなく、むしろ通常の知覚に風穴を開けて、多層の現実をかいま見せてくれるのです。

生まれる前のお話

理生は、心の奥の泉にダイビングするのが、とても上手なのでしょう。よく、「生まれる前のお話」を、語ってくれました。

あちこちの宇宙をめぐり、流れ星にのり、太陽や月や星を運び、神さまといっしょに、たくさんの仕事をしたそうです。

「心の様《さま》」の星。「福」の星。「不思議」の星。「未来」の星。「言葉（詩）」の星。そして、理生のふるさとである、「虹色の星」。

宇宙でいくつもの星々をめぐる冒険ののち、地球のそばに下りてきて、雲の上の世界を体験し、どんな自分として生まれるか決めた、と言いました。

おなかに入ってからのことも、いろいろ語っていました。

理生は、おなかの中で私の気持ちを感じとり、私を落ちつかせたり、元気にしたりする仕事をしていたといいます。

おなかから出るときは、

「落ちつきなさい。びっくりしなくていい。ちゃんと、心を、伝えておいで」

という、神さまの言葉が、胸に飛びこんできたそうです。


小学校入学を控えた、ある日のおしゃべりは、特に印象に残っています。

私は、理生の着替えを手伝いながら、嵐のような闘病の日々を思い出して、ふと、

「どうして病気で生まれたのかしらね」

とつぶやきました。すると、理生は、

「ずっとずっと幸せになるためだよ」

と、すぐに答えたのです。

私がびっくりして、

「どうして？　痛い治療をいっぱいしたじゃない。理生が泣いたときは、ママも泣いちゃったよ」

と反論すると、

「赤ちゃんは言葉をしゃべれないから、神さまに『もっと大きくなりたい。お兄ちゃ

んになりたい』っていう、お祈りだったの。

それで、神さまがお願いを聞いてくれたから、ぼくはこんなに大きくなったんだよ。だから、ぼくが泣いても、ママは『かわいそう』って思わなくてよかったんだよ」

と、諭すように言いました。

その意味は、すぐには腑《ふ》に落ちませんでしたが、私はとても大事なことを聞いた、と思いました。そして、急いでリビングに向かって、書きとめました。


病気については、理生が4歳のときも、こんなおしゃべりをしました。

私がなにげなく、

「理生はどうして、ママのおなかの中で心臓がどきどきしちゃったのかしらね」

とつぶやくと、理生は、

「そのほうが、おもしろいと思ったから」

と、答えたのです。そして、

「おなかから出るときは、神さまが『早く出ないと、大きくなれないよ』って言った。引っ張り出されるだけだから、怖くなかった。痛くなかった。

でも、息が苦しくなるのは、決めていなかった」

と言うと、小さなため息をつきました。

私が目を丸くして、

「喘息になったのは、どうして？」

と聞くと、こんどは表情を一変させ、明るい声で、

「決めてきた。だって、治すのが、おもしろいからね」

と言いました。

一瞬おいて、私は思わず、「は？」と、聞き直しました。

理生は、唖然としている私を見ると、くすっと笑い、

「ママ、ごめんね」

と言いました。

「ぼくは病気を選んで生まれてきた」

病気で生まれたのは、「ずっとずっと幸せになるためだよ」。喘息になったのは「治すのが、おもしろいから」。

理生の言葉を、胎内記憶（生まれる前の記憶）の調査をしている産科医の池川明先生にお伝えすると、ご講演やご著書で紹介されて、大きな反響がありました。

赤ちゃんに病気が見つかったお母さんからは、

「つらいときは、理生くんの言葉を何度も読んで、心の支えにしました」

という、お手紙をいただきました。

「いっそ死んでしまおうかと思ったけれど、生き直すことにしました」

と、おっしゃったお母さんもいました。

持病をおもちの年配のかたは、

「病気のことをずっと嘆いていたけれど、人生観が変わりました」

と、感想をくださいました。

人生に意味を見つけるのは、一人ひとりの選択です。理生は、

「ぼくの言うことが、絶対に正しいというわけじゃない。心のことは、いろいろな人が、いろいろなことを言うからね」

と言いますし、私も同感です。

理生が感じていることは、理生にとっての真実であって、すべての人に実感できることではないでしょう。

哲学が沈黙した先を芸術が語り、芸術が沈黙した先を神秘が語る、といわれます。言葉には、象徴としてしか伝えられない何かが、あるのです。

「自分をえらんで生まれてきた」という世界観を、分析的に論じることに、私は興味がありません。それでも、そのような捉え方があると知ることで、心なぐさめられるかたがいるかもしれない、ということには、救われる思いがしました。

理生が生まれてしばらくの間、私は泣いてばかりいました。あのときの私のように苦しんでいるかたが、少しでも楽になるお手伝いができたら。

理生も、私も、たくさんのかたに助けられ、励まされ、いのちをつないできました。私たちを支えてくれた、有形無形のちからに、恩返しがしたいと思いました。

私は育児記録をたどり、理生の言葉を集めたファイルをつくりました。すると、そのファイルを見た理生が、

「ぼくのお話を、パソコンで書いて」

と、私のそばで、長々と話し始めるようになったのです。

「お話」は、おなかに宿る前のこと、星の世界にいたこと、神さまとの「通信」まで、まるで絵巻物のように広がっていきました。

9歳のとき、理生は、私がまとめたファイルを読み返して、ぽつりと言いました。

「ぼくは、病気を選んで、生まれてきた。希望をもって、生まれてきた。心を感じることで、勇気が出る。それがつまり、希望のことなんだ」

この言葉は、その後、私が生きるのをつらく感じるとき、いつも私の心を励まし、支え、導いてくれました。

理生が語ったことの一部は、『自分をえらんで生まれてきたよ』（いんやくりお著、

サンマーク出版）として出版されました。

「ほんとうは生まれたくなかった。選んで生まれてくるなんて、うそだ」

と反発なさるかたもいるので、理生に、

「そういう意見については、どう思う？」

と、尋ねたところ、

「その人にとっては、そうなのだろうね。

『自分をえらんで生まれてきた』という言葉がきっかけで、その人にとっては『選んで生まれたなんて、うそだ』って、気づけたのだから、よかったね」

と、涼しい顔をしていました。


『自分をえらんで生まれてきたよ』が多くの人の手に渡り、たくさんのお手紙をいただく中で、私は、この世には美しい心があふれていることを知りました。

だれかの心を照らせたらいいな、と願っていたのに、愛と知恵と勇気をいただいたのは、むしろ私たちでした。

贈ることが受けとることで、受けとることが贈ること。そんな魔法を呼び覚ましましたのは、「自分を選んで生まれてきた」という、肯定の言葉でした。

「ママを選んで生まれてきた」と語るお子さんは、たくさんいます。ただ、理生によると、まず、どんな自分として生きるかを決めて、それから、その生き方にふさわしいお母さんを見つけるのだそうです。

「お母さん」より先に、まず「自分」を選ぶということは、おとなにきちんと伝えてほしい、と言われました。

詩集のタイトルを考えていたとき、私が、

「『大好きだから、生まれてきたよ』は、どう?」

と聞くと、理生はきっぱり反対しました。

「それは違う。やめてほしい。赤ちゃんは、お母さんが仕事をしている様子を見て、生まれる場所を決めることもある。

お母さんが大好きだから、生まれるわけじゃない。大好きになって生まれることもあるけど、おなかに入ってから、やっぱり嫌だと思うことは、よくある。

賢いたましいは、大好きだという理由で、お母さんを選んで生まれることもあるかもしれない。けれど、そうでない場合もある」

そして、理生は続けました。

「ぼくがママのところに生まれたのは、心のことを理解してくれると思ったから」


理生は、こんなことも語っていました。

「生まれる前ね、神さまと約束した。ママといっぱい話すって」

「ぼくが病気で生まれたのは、病気で生まれる子や、お母さんたちを、励ますためだ。だから、ママは、ぼくの言葉を、みんなに教えていい」

「赤ちゃんが生まれてくるのは、みんなを幸せにするため。お母さんやお父さんだけじゃなくて、みんなを幸せにするため。生まれてくるのは、小さな喜び。みんなを幸せにすると、もっと大きな喜びになる」

10歳をすぎて、世界の苦しみについて時事的なテーマを話しあうようになっても、理生は「幸せな世界をつくりたい」という希望を、まっすぐに語っています。


この世には、さまざまな苦しみがあります。その「原因」を「過去」にさかのぼり、分析することは、尊いこころみです。

けれど同時に、苦しみの「意味」を感じとり、それを「いま」において引き受けようと決めることは、希望をもって生きるための、知恵であるように思います。

理生とともに歩むうち、私はこう思うようになりました。

人は、人生の傷痕を道明かりにすることができる。

そして、みんなを幸せにすることで、自分も幸せになる生きかたを、きっと見つけられるはずだ、と。

この世という舞台で

私にはときどき、この世から剥がれていく感覚が押し寄せることがあります。

「何のために生きているのだろう」

という独り言が、口をついて出ます。

そんなとき、理生は私の目を見つめて、「お話」を語りはじめます。

「ママは、ぼくを愛するために、生きているんだよ。

おとなは、子どもを愛するために、生きているんだよ」

理生によると、人は生まれる前、「映画の美術館に行って、どんな人生になるか、映画を見せてもらう」そうです。

「映画を見ないと、ふつうの人は生きていけない。ふつうは、映画を見て、こういう動作をするんだって、理解してから、地上に行く」

私は「人生の種」を連想します。

大地にまかれた種が、季節とともに芽吹き、花を咲かせ、実をつけて、枯れる。同じように、人は心の中に映画フィルムをもって生まれ、時間という助けを得て、この世で上映しているのでしょうか。

理生は、生まれる前に「永遠のいのちを手に入れたい」と夢見たので、だれかに「映画を見なくていい」と告げられ、かわりに薬をもらったといいます。

「それをのむと、体が液体になって、それからまた体にもどって、『これで、超能力がつきました』と、言われる。超能力があると、安心して生きられる。つまり、自由に生きていかれる」

「自由って、なに？」

と尋ねる私に、理生は、

「(自由とは)『空を飛ぶような、本当の決心』のこと。『いま、このとき』ということ」

と答えました。

自由の本質を「決心」と「いま」におく指摘には、深く考えさせられます。

私はどんな「心の映画」を見てきたのでしょうか。

ストーリーは覚えていませんが、先が見えないからこそ、人生のよくできた展開を楽しめるのかもしれません。

私には、生まれる前、ライラック色の珠《たま》としてふわふわ浮かんでいて、「〈ほんとう〉を知りたい」という願いとともに母に宿った、というイメージがあります。

「心の映画」をこの世で上映するとき、自分がただの観客ではなく演技者でもあることを自覚するなら、映画を超えた、即興芝居ができるかもしれません。そして、それが私にとって、「自由に生きる」ことのような気がします。

演技者としてふるまうには、「この世」が舞台であること、つまり、「あの世」という舞台そでがあることに、気づかなくてはなりません。

Rio's Art

おばけたち

　理生は小さいとき、「見えない友だち」とよく遊んでいました。特に仲良しのおばけは、「げげ」と「ピンガちゃん」でした。のちに、理生はこんなことを言っていました。

「昔は、妖怪と人はいっしょに暮らしていた。仲良しだった。でも、人間は妖怪を忘れちゃったから、妖怪はその敵討ちで、いたずらをする。もともとは、悪い妖怪は、いないはず。でも、人間が『妖怪はいない』と言ったので、怒って、悪い妖怪になった。『まあ、それでもいいか』っていう、優しい、おとなしい妖怪もいる。人と同じで、いろいろな妖怪がいる。いろいろな妖怪がいて、少しずつ、地球の人生を豊かにしている」

子どもという新しいキャストが、舞台そでから登場するときは、舞台そでの存在に気づくチャンスなのでしょう。

もちろん、舞台そでからやってくるのは、子どもだけではありません。人生のニューフェイスも、思いがけない出来事も、舞台そでからやってきます。

舞台そでは、さまざまなものを送りこんでくるだけでなく、演技に疲れたときは休憩の場にもなります。

人はこの世にいるとき、眠りと夢をプレゼントされていて、それは「永遠の眠り」とも呼ばれる舞台裏を、かいま見せてくれます。

私はまどろみの中で、言葉や幾何学図形を通して、インスピレーションを受けとることがあります。そして理生は、目覚めている表舞台に、夢のかけらを運んできてくれたように思います。

生まれる前、ママに会いに行ったこと

かつて読んだ本で、どこかの先住民族に、こんなエピソードがありました。

その部族では、赤ちゃんがほしい女の人は、お気に入りの木のそばに座って耳を澄まし、スピリットの歌が聴こえてくるのを待ちます。

歌が聴こえると、赤ちゃんはその人に宿ります。赤ちゃんが生まれると、お母さんはその歌をうたって、祝います。

歌は、その後も赤ちゃんの人生の節目でうたわれ、やがて老いて亡くなるときも、その歌とともに弔《とむら》われるのだそうです。

人は、あの世から歌をたずさえて生まれ、歌とともに生き、歌といっしょに還っていくのが、本来の姿なのでしょう。

自分の歌を忘れてしまった人も多いのに、その部族の人は幸せだなと、うらやましく思いました。


家族や親しい人が、亡くなった後に会いにくる話は、よく聞きます。同じように、生まれる前のたましいが、未来の家族に会いにくることもあるかもしれません。

産科医の池川明先生は、生まれる前のたましいが、お母さんの夢やインスピレーションを通して、あるいは光の玉という姿で、コミュニケーションをとろうとすることがある、と述べておられます。

私も、理生を妊娠する3年前、印象的な夢を見ています。

夢のなかでは、5、6歳くらいの小さな男の子が、のちの夫が勤めていた事務所の机にちょこんと座って、おとなたちにポルトガル語で語っていました。おとなの真剣なようすから、何かを教えているように見えました。

私は、その子が夫の息子だ、と思いました。夫はブラジルに暮らしていたことがあり、移住を考えるほどリオデジャネイロに惚れこんでいました。

夢から覚めて、夫に、

「あなたの息子の夢を見たよ。ブラジルに男の子がいるでしょ」

と聞くと、夫は、

「いないよ」

と、笑って答えました。

その後、私たちは結婚しました。私の仕事が一段落ついて、赤ちゃんがほしいと思

Rio's Art

大地の神さま

　この絵は、大地の神さまです。
「大地の神さまは、長いこと、人間につき合わされているから、幸せな時間がない。だから、ぼくは、大地の神さまが幸せなところを描いた。地球上にいる、すべての神さまに、安らぎをあげたい。宇宙ぜんたいの神さまと、宇宙よりもっと広い神さまの安らぎのために、音楽を捧げたい」
「大地の神さまは、人間が、自分の体の上で戦争したり、戦争の練習をしたりすると、悲しむと思うよ」
　小さい人、病める人も、幸せに生きられる星であってほしいと願います。

ってすぐ、理生はやってきました。

理生はなかなか、意味ある言葉を話そうとしませんでした。なんとも形容しがたい発音で、オペラのように歌ってばかりいるのです。

私が話しかけるときは、言葉が通じるのかテレパシーなのかわかりませんが、気持ちは伝わるようで、本人は不自由を感じていないようでした。

やっと日本語に近い発声ができるようになっても、知っている単語をでたらめに継ぎはぎして、さいごに「ぷたあ?」と、真顔で問いかける日々が続きました。

かわいいといえばかわいいのですが、何度も「ぷたあ?」と聞かれたある日、私はとうとう、

「理生くんの言うことがわからない」

と言って、わっと泣きだしました。この子は大丈夫だろうか、と急に不安がこみあげたのです。

理生はきょとんとした顔で、私をじっと見つめました。その無邪気なようすに、私は気をとり直しました。そして、ずっと前に見た夢を思いだし、もし夢の男の子が理生なら、5、6歳になれば話すようになるだろうと、自分をなぐさめました。

理生は3歳すぎにようやく、発音はおぼつかないながらも、人にわかる言葉を話すようになりました。さらに、5、6歳になると、おとなが耳を傾けるような、「心のお話」をするようになりました。

9歳のとき、私はふと思いだして、理生に、

「あなたが生まれる前、ママは男の子の夢を見たよ」

と言いました。すると、理生は、

「それは、ぼくだよ。ぼくは、その夢の中で、おとなたちに心のことを教えていた。ぼくは、ママに、夢を見させてあげた。『ぼくはこういう感じの子ですよ』って、教えてあげたかったから」

と、当然のように言いました。

12歳のいま、

「そのときのことを覚えている？」

と聞いてみると、

「覚えているよ。夢で会いに行ったのは、ママに早く会いたかったから。

ママとパパは、まだ結婚していなかったけど、ぜったい結婚すると思った。そのときは、すじみちの先のことがわかっていたから。

ママとパパは、たまに喧嘩するけど、いい家族だと思うよ」

と、笑っていました。

いのちのつらなりの中で

理生は、生まれる前の世界も、あの世も、同じように近しく感じるようでした。

小さいときから仏壇が大好きで、ひとりで仏さまによく話しかけたり、仏壇の前で楽器を演奏したりしていました。

8歳のある日も、仏壇の前で、段ボール箱とプラスチックのゴミ箱を太鼓に見立て、ひとしきり演奏していました。

「ママも叩いて」

と頼まれたので、しばらくつきあった後、私が、

「耳鳴りが治ったみたい」

と言うと、理生は、

「音には、たましいが寄り添うからね。耳が悪いときも、太鼓のドンという音は、いいよ」

と、言いました。

その日の夕食では、ふいに、

「あ、仏さまが来た」

といって箸をとめると、

「うん、うん。いいの？　ありがとう」

と、両手でなにかを受けとり、胸にしまうしぐさをしました。そして、

「仏さまが、ぼくにお守りをくれた。赤くて、ひもがついている。仏さまは、光っていて、おなかから下はボーッとしている。おばけみたい。むらさき色」

と言い、むらさき色の光に包まれている人の絵を描きました。

「仏さまは、女の人。若い感じ。ひいおばあちゃんだと思うよ。

ママの耳鳴りが治ったのは、太鼓の音と仏さまのおかげだと思うよ」

夕食の後は、ふたたび仏壇の前で太鼓を演奏し、さいごに仏壇に向かって、「今日はおつきあいいただき、ありがとうございました」

と、深々と一礼しました。

ふだんはむしろ幼さが目立つのに、そういうところは、わが子ながらおもしろいと思いました。


9歳のある日は、仏壇の前に座って、ひとりでぶつぶつ言っているので、そばに寄ってみると、こう言っていました。

「仏さま、ぼくは、ほんとうに感謝しています。

仏さまがいなければ、おばあちゃんは生まれませんでした。ママは、生まれませんでした。ぼくは、生まれませんでした。

仏さまのおかげで、ぼくはここに生まれて、いろいろなことを学べます。怖いこと、楽しいこと、真剣なこと、いろいろなことを学べます。

ほんとうに、感謝しています。ありがとうございます。南無阿弥陀仏《なむあみだぶつ》、南無阿弥陀

仏、南無阿弥陀仏、南無阿弥陀仏。これからも、お守りください」

そして、私に振り向いて、

「心の目があるから、妖怪や仏さまがいるって、わかる。

目の不自由な人でも、心の目はある。だから、目が不自由でも、見えるものはある。

人は、だれでも、心の目がある。

ぼくは、仏さまに、とても感謝しています。ありがとうございます」

と言い、手を合わせて、ふたたび、

「南無阿弥陀仏」

と、唱えました。


理生は、仏壇だけでなく、神社も大好きです。初もうでも、盆踊りも、秋の山車《だし》も、とても喜びました。

5歳のとき、理生は、

「うちにも神社がほしい」

と言って、工作で「神さま」と賽銭箱《さいせんばこ》をつくり、出窓におくと、上から鈴を吊るして鳴らしては拝みました。

お神輿《みこし》をつくって、近所をぐるぐる回ったこともあります。

思えば、神ごとの基本は、いのちが一つにつらなっていることを、体感することなのかもしれません。

ご先祖さまを祀《まつ》ることは、連綿と続くいのちのつながりに、感謝することです。

神社におまいりするのは、年中行事や人生の節目に、季節のめぐりを寿《ことほ》ぐことです。

大いなるなにかに生かされていることを思いだし、いまこの場を共有するすべてのいのちと喜びをともにすることが、祭祀《さいし》なのでしょう。

愛があるから、世界はある

9歳の夏、神社の夜祭に出かけたときのことです。

家々の明かりが見える高台の道で、理生はふいに、こう言いました。

「夜、町がきらきらしているのを見るの、好きだ。

入院していたとき、病院の窓から、こんなふうに見たね。『早く治って、遊びに行こうね』って言いながら見たね。

きらきらしているのを見ると、ぼくは『がんばるぞ』っていう気持ちになる。心もきらきらして、優しい気持ちになるよ。

ここまで育ててくれて、どうもありがとう」

驚いて理生を見ると、理生は私を見上げて、にっこり笑いました。

胸がいっぱいになり、

「こちらこそ、ありがとう。大きくなってくれて、ありがとう。こんないい子が、ママのところに来てくれて、どうもありがとう」

と言うと、理生は、

「どういたしまして」

と、またにっこり笑いました。

私は思わず、理生の細い体を、ぎゅっと抱きしめました。

理生は、きらきらした光が大好きです。入院中は、大きな窓越しに高速道路を行きかう車の明かりを見るのが、お気に入りでした。

町がイルミネーションで彩られるクリスマスは、理生が大好きな季節です。ハロウィーンが終わると、理生はもうそわそわして、クリスマスの飾りつけをせがみます。

その年の11月、理生はクリスマスの絵本を眺めながら、私にこう尋ねました。

「ママ、サンタさんはどこからくるの」

理生の澄んだ瞳を見て、私は楽しくなりました。

「夢の扉を通ってくるよ」

嬉しそうに「ふうん」とうなずくと、理生はさらに聞きました。

「トナカイさんが飛べるのは、どうしてだろう。重力があるのに」

「夢の扉が開いているときは、重力はないのよ」

「そうだね。どうして、サンタさんは鈴を鳴らすのだろう」

「魔を追い払うためじゃないかな。夢の国を飛ぶときは、魔を払わないとね。信じない気持ちとか、意地悪な気持ちとか、心の中にも魔があるからね。神社やお寺でも、おまいりのときは鈴を鳴らすでしょ」

「そうか。ねえ、ママ、教会の屋根についている、ばってんは、なに?」

私は理生の目を見つめて、十字架について語るかどうか、少し考えました。そして、もうずいぶん大きくなったから、言葉を選ぶなら語っていいだろう、と思いました。

「あれは、十字架よ。昔、イエスさまという人が、神さまのお話をみんなに伝えたの。でも、それを聞きたくなかった人たちが、ばってんの柱にイエスさまを打ちつけて、殺してしまったの。十字架は、そのことを覚えていようね、というしるしなのよ」

理生は、目を大きく見開くと、

「なんて、むごいことを」

と、かすれ声でつぶやきました。

私は「むごい」という表現にたじろぎ、理生のうるんだ瞳を見て、胸がいたみました。そして、ゆっくりと、お話を続けました。

「でも、イエスさまは、人間をゆるしたのですって。人間を愛しているのですって。イエスさまのお話は、いろいろな人がいろいろなことを言っている。昔のことだから、実際に何があったのか、ママにはわからない。

でもね、ママは思うの。人間は生きるために、ほかの生きもののいのちを、もらっている。弱いところ、困ったところも、いっぱいある。

それでも、私たちは、大いなるなにかに、ゆるされている。人生をよいものとして受け入れることができる。イエスさまは、そう伝えたかったのかもしれないね」

理生が黙って考えこんでいたので、私はさらに語りました。

「ふしぎなのは、イエスさまはその後よみがえった、って伝えられているの。永遠のいのちを、見つけたのですって。そして、人間は、永遠のいのちを見つけられる、って教えたのですって」

ようやく、理生の表情に明るさがもどりました。

「ママ、それは、愛が大事だ、ということだね。愛があるから、人は生きている、ってことだね。愛があるから、世界はある、ってことだね。ぼく、それって、すごい、すごい、お話だと思うよ」

私たちはようやく、目を合わせて、にっこり笑いました。

〝ほんとうのサンタさん〟は心の目で見る

ひと月後、私たちはクリスマスの飾りを並べながら、また、お話をしました。

「クリスマスって、どうしてお祝いするの」

「イエスさまが生まれたことを、お祝いするの。とても昔の人だから、お誕生日はわからない。でも、イエスさまを大好きで、お誕生祝いがしたい人はたくさんいるから、大きなお祭りになっているの。

ただね、ほんとうは、クリスマスは光のお祭りなの。この時期は、イエスさまが生まれるずっと前から、世界中でお祝いされていたのよ。

冬になると、日がどんどん短くなって、夜が長くなるでしょ。この時期は、お昼がいちばん短いころ。

『このままずっと夜になって、お日さまが昇らなくなったらどうしよう』って心配になったときに、また日差しが伸びてくる。

『ああ、よかった。神さま、ありがとう』って、光のよみがえりをお祝いするの」

「だから、イルミネーションをつけて、明るくするんだね」

きらきらの光が大好きな理生は、満足そうに、ほほえみました。私はゆかいな気持ちになって、こう続けました。

「そしてね、クリスマスのひみつは、もう一つあるの」

「なになに?」

「クリスマスがすてきなのは、『もう真っ暗だ』というとき、プレゼントをもらえること。

人生にも『もう真っ暗だ』と思うことがあるけれど、そんなとき、じつは、すてきなプレゼントが届いているのよ。それを忘れないための、お祝いなの。

プレゼントは、眠っているとき、夢を見ているときに、届く。

だから、『もうだめだ』と思うときは、夢を見て、いつもと違う心になることが、たいせつ。せっかく届くプレゼントだから、ちゃんと受けとることが、たいせつ。

真っ暗なときにプレゼントが届くことを覚えていて、プレゼントに気づいて、自分の手で包みを開けることが、たいせつなのよ」

「ぼく、それはよく、わかっているよ」

理生はうなずくと、さらに言いました。

「ねえ、ママ、サンタさんはどうやってみんなにプレゼントを配るの？　サンタさんは、一晩のうちに、世界中の子どもにプレゼントを配るでしょ。クリスマスの魔法っていうけれど、それって何なのだろう」

「知りたい？」

と私がじらすと、理生は、

「知りたい！」

と目を輝かせました。

私は少し、もったいぶって話しました。

「あのね、サンタさんは、夢の扉を通ってくるの。だから、子どもが寝ないと、サンタさんはやってこられないの。夢の扉のおかげで、魔法をつかえるのよ。

そして、子どもはおもちゃを楽しみにしているけど、それよりもっとすてきなものを、おとなはもらうの。大きくなるのって、すてきなことよ。おとなになるのを、楽しみにしていてね」

理生はプレゼントを想像したのか、にっこり笑いました。

「ぼく、おもちゃがほしいから、ずっと子どものままがいいな。

でも、サンタさんはおもちゃをくれるけど、ほんとうのプレゼントは、心のプレゼントだよね。サンタさんは、ほんとうは、〈ふしぎ〉を配っているんだ。

ぼく、思うのだけど、サンタさんの食べものは、〈大好きの気持ち〉なんじゃないかな。サンタさんって、すごいよね。

サンタさん、ありがとう！」

そのころ、理生には、仲良しの女の子がいました。学校の帰り、理生の足どりが重いとランドセルをもってくれる、優しくて明るい女の子です。

「あのね、ママ。あの子、サンタさんを見たんだって。ほんもののサンタさんだよ。

『あ、サンタさん』って声をかけたら、角を曲がって、消えちゃったって。

ぼく、『さすがに、心の目が開いているね』って言った。そうしたら、『心の目じゃなくて、体の目で見たよ』って言われたの。

ほんもののサンタさんは、心の目で見るよね。だから、ぼく、すごくふしぎに思うんだ。

ほんもののサンタさん、見えるのかな。ほんもののサンタさんに、会いたいなあ」

「あの子は心がとてもきれいだから、サンタさんがないしょで、姿を見せてくれたのかもしれないね」

と言うと、理生は考えながら、こう続けました。

「あのね。ぼく、この前、変な夢を見ちゃった。

夢の中で、ぐぐ（おじいちゃん）の部屋のソファに座っていたの。ほんとうのソファには隙間がないのに、夢の中では、下に隙間があって、足に何かが当たって、見てみたら、プレゼントが隠されていたの。そして、夢の中で、『あれ？　やっぱりサンタさんは、ママたちなんだ』って思うの。

変な夢でしょ。プレゼントは、サンタさんが届けてくれるのにね」

私はびっくりして、こう言いました。

「すごい夢を見たね。サンタさんは、やっぱり、夢の扉を通ってくるのね」

理生は首をかしげて、考えこんでいるようでした。私は理生に、

「ねえ、おとなはサンタさんから何をもらうと思う？」

と聞いてみました。

「夢かな。それとも、大好きの気持ち？」

「そう。それから、希望もね。

でもね、おとながいちばん嬉しいのは、子どもの笑顔なのよ。ママは自分が子どもだったときより、いまのクリスマスのほうが、ずっと楽しいな」

理生は「ふうん」と言うと、私にきゅっ、と抱きつきました。

その年のクリスマス、理生は私に、きっぱり言いました。

「ぼくはいつか、永遠のいのちを見つけて、みんなに喜びとふしぎを配る、サンタさんになるよ」

贈ることが受けとること、受けとることが贈ること

私にとってクリスマスは、理生が生まれてから、いっそう愛《いと》おしいものになりました。

クリスマスになると、理生は小さなサンタさんの衣装を着て、家族や友だちに、ささやかなプレゼントを配るのが大好きになりました。

一日いちにちは長くても、あっという間に一年がめぐり、理生がぶじ大きくなっていることを実感するのが、季節の行事です。お日さまは、日を伸ばしたり、短くしたりしながら、ときのめぐりを祝ってくれるのです。

12歳のクリスマスシーズンも、心に刻まれています。

その年、私は理生を連れて、病児支援のボランティアグループが主催するクリスマスパーティに出かけました。

会場となった子ども病院のロビーは、工作コーナーや喫茶スペース、小さなステージが準備されて、笑顔があふれていました。

ロビーはもともと子どもが喜ぶ明るいデザインですが、その日は特に、人々の優しさが光のスパンコールのように舞い、きらきら輝いていました。

「ここにいる子たち、痛かったりつらかったり、いろいろな思いをしているけれど、みんなの優しさにふれられて、幸せね。がんばっている子に、ごほうびね」

と言うと、理生は私を見上げて、にっこり笑いました。

ボランティアさんと工作したり、ダンスを見たり、お菓子をいただいたりして楽しんだ後、いよいよサンタさんがやってきました。

子どもたちは一列になって、順番にプレゼントを受けとり、サンタさんと握手しました。理生は、並んでいるときもプレゼントをいただくときも、ときどき私を振りかえって、満面の笑みを浮かべました。

列になった子どもたちにプレゼントを渡しおえると、サンタさんは、並ぶことのできないベッド車椅子の子たちを回って、プレゼントを配りました。理生はそれを見て、

「サンタさんは、子どもたち全員のことを忘れないね」

と、目を輝かせました。

そして、感激の面持ちで私の目を見つめ、静かにはっきり言いました。

「ぼく、わかったよ。どうしてサンタさんが一晩にプレゼントを配れるのか。サンタさんは、みんなの上に金色の粉をまいて、時間をとめるんだ。時間をくっつけているから、一晩で世界中のみんなに、プレゼントを贈ることができるんだ。いまプレゼントを配っているサンタさんは、サンタさんの服を着た、人間かもしれない。でも、ほんとうのサンタさんは、感謝の気持ちなんだ」

私は、目が覚める思いがしました。

「そうね、その通りね。理生はここで、ほんとうのサンタさんに会ったね。ママもいま、心の目が開いて、ほんとうのサンタさんを見たよ」

感謝の気持ちは、時間を超えるのです。そして、一年で最も闇が長いこのときに、この世界には、「大好きの気持ち」がふりそそいでいるのだ、と気づきました。

それから何日か経って、理生は久しぶりに「心のお話」をしました。

このころは、私のパソコン入力が追いつかないくらい早口になったので、理生の希望でICレコーダーに録音しました。

——サンタさんって、なんだろうね。おもちゃといっしょに、幸せを配ってくれる。ぼく、サンタさん大好きだけど、サンタさんって、何者なのだろう。

モデルのサンタさんみたいな、姿をしているのかな。でも、人間の想像外の姿をしているのかも。いろいろな、姿をしていると思うよ。

「サンタさんは、どういう姿をしているのかな」って、森の動物たちがお話しする絵本があったけれど、サンタさんは、森の動物たちみんなの「いつもありがとう」という気持ちの、恩返しなのかな。サンタさんは、その子がいつも親切にしてあげている子の、たましいでもあると思う。

サンタさんは、赤いシャツ着て赤い帽子かぶっている、って伝えられているけど、そういう姿のときもあるかもしれないし、ほかの姿をしているかもしれない。

その人が想像すると、そういうふうに見させてあげようって、相手の想像に合わせて、登場するときは登場する。だから、サンタさんの姿は一定じゃないと思う。

いろいろなサンタさんがいるよね。日本にも、韓国、中国、アメリカにも、地元のサンタさんがいるんじゃないかな。一つひとつの国に、いろいろなサンタさんがいて、いろいろな国のサンタさんと仲良しなんだと思う。

サンタさんの正体は、簡単にいうと、みんなの「感謝の気持ち」だね。「ありがとうの気持ち」とか。

「サンタさんは、子どもの笑い声を聞くと元気になる」っていう、お話があるでしょ。そういう気持ちが重なって、サンタさんが生まれて、また子どもの笑い声を聞いて、サンタさんもどんどん大きくなって、幸せを配ってくれる。

おとなになったらサンタさんのプレゼントはこなくなるっていうし、ぼくはママがもらっているのを見たことないけど、ママは、ぼくの笑顔が最大のプレゼントだ、って言ってくれているよね。

ぼくね、おとなにもサンタさんいると思うよ。知らない間に、サンタさんは、ママに幸せと健康をプレゼントしてくれているんじゃないかな。

ぼく、前に「永遠のいのち」の話をしたけど、おとなに幸せを配るサンタさんになろうかな。

生きている間は難しいかもしれないけど、いつかあの世にいったら、おとなのみんなに、「いつもお疲れさま」って、そういう人になれたらいいな。

ぼく、幸せだね、こうやってみると。幸せものだね。ママも幸せものだよ。みんな幸せものだよ。

愛は、ときに、人の姿として現れる。人は、ときに、愛を体現する器になりうる。親は子どもを愛するといいますが、実際はさかさまで、親が子どもに、無条件に愛されているのだ、と私は思います。

人は、愛を運ぶ天の使いとして、この世に生まれます。

生い立ちの中で、さしだした愛をじょうずに受けとってもらえないとき、人は心を閉ざし、プレゼントをしまいこんで、そのありかさえ忘れてしまうことがあります。

それでも、この世に来て間もない人のほほえみは、おとな自身、かつてあの世からもってきたプレゼントを、そっと思いださせてくれます。

その心の動きが、夢の扉を開けて、サンタさんをこの世に招き入れるのではないでしょうか。

サンタさんは、ほんとうに、いるのです。

季節がめぐり、光のよみがえりを、私たちがいつも祝福できること。「贈ることが受けとることで、受けとることが贈ること」の魔法が、時間を超えること。

クリスマスのひみつを思うと、私にはいつも、敬虔《けいけん》な思いがこみ上げます。

心と、勇気と、希望と

十字架というと、忘れられない思い出があります。

11歳になってすぐ、理生は「銀河鉄道の夜」の映画を見ました。

感想を聞いても黙っていたので、つまらなかったのかな、と思いましたが、深いところで感じるものがあったようです。

数週間も経ったある日の寝しな、理生はふいに語り始めました。

「この前、『銀河鉄道の夜』の映画を、見たよね。

そのとき、映画の中の人が、『みんなの幸いのためなら、ぼくの体なんて百ぺんやいてもいい』みたいなこと、言っていたよね。

『みんなの幸い』というけれど、人間は、自然を壊しているよね。生きものの中には、怒って、マジムン（魔物）になったものも、いると思う。でも、ぼくは、蚊に刺されるといやだから、蚊を殺したりする。

すべての生きものが幸せを分かちあえるようになるには、ぼくは、どうしたらいいのだろう。

みんなが幸せを分かちあうようにしようとすると、にらまれたり、十字架にかけられたりすることもあるのでしょう。

ぼくは、どうしたらいいのだろう。どうやって生きていったらいいのだろう」

そう言って、理生は涙ぐみました。

私は、理生の言うとおりだと思ったので、

「ほんとうね。どうしたらいいのかしらね。ママも、わからない。

夢の世界で、教えてもらえるかもしれないよ」

となぐさめ、その日は寝かしつけました。

その8日後、理生は雑誌をめくっていた手をとめて、私に語り始めました。

「十字架のことだけどね。

ぼく、『みんなの幸せのために、お前は死ね』って、たくさんの人に、外国のホテルで十字架にかけられる夢を見たことがある。

その感覚を思い出したときに、鼻の奥で、血の匂いを感じるの。

そして、胸を刺されて、目の前に、ばっと、血が飛び散って、目が見えなくなるのが、わかるの。胸の傷は、ちょうど、心臓の手術の痕《あと》のところ」

理生は、いくぶん困惑した表情で、私を見つめました。

「殺される」というイメージと、心臓手術の痕が重ねられたことに、私は胸を衝かれる思いがしました。赤ちゃんのとき、柱にネットでぐるぐる巻きにされ、磔《はりつけ》のような姿でレントゲン撮影されたシーンが、心をよぎりました。

そこで、私はこう言いました。

「手術の痕《あと》は、みんなが理生を助けようとしてできた傷よ。

みんなのために一人を犠牲にした傷ではなくて、小さな理生ひとり助けるために、みんながかんばったしるしよ。

ちょうど、裏表になっているの。

理生の胸の傷は、みんなが力を合わせて一人ひとりを幸せにしていくことで、みんなが幸せになる道を探していこう、っていう意味じゃないかな。

人間には、みんなのためにだれかを犠牲にするのとは、ちがう生き方ができるっていう、しるしじゃないかな」

理生はしばらく考え、真剣な目をして、

「そうだね」

と、うなずきました。

さらに8日たち、寝しなに、理生はまた、

「ママ、お話があるの。聞いて」

と言って、語り始めました。

「前に、十字架にかけられる夢について、お話ししたでしょ。

あれは、夢じゃなかったと思う。ぼく、いまの人生じゃなくて、前の人生のときに、ほんとうに、そんなふうに殺されたことがあるのかもしれない。

そのときは、喜んで死んだわけじゃないけど『こういうこともあるか』と思いながら、死んだ。

はじめは、みんなが助かるなら、ぼくは殺されてもいいと思ったけど、ほんとうに自分は死ぬんだと思ったら、時間がたって、恐怖がこみあげて、

『やっぱり取り消し！』

って、強く言った。けれど、

『おまえが死なないと、みんな助からない』

って、言われて、殺された」

そして、理生は、静かに続けました。

「ぼくは、それで、ほんとうの、いのちのたいせつさを学んだのだと思う。

それまでも、いのちはたいせつだと思っていた。でも、それまで思っていた、いのちのたいせつさは、軽いことだったんだ。

殺されそうになって、やっと、その人生でも、ほかにやりたいことや、みんなを助けるために、ほかにやれることがあったかもしれない、って気づいた。

そして、自分がいったん殺されて、新しい自分に生まれ変わった、ということじゃ

ないかな。

そのとき、ぼくは大きなことを学んだと思う。だから、殺されてしまう夢は、恐怖だったけど、いまの自分の、おまもりのような気がする」

私は茫然として、理生を見つめました。

理生は、私の目をまっすぐ見ると、きっぱり言いました。

「だから、ぼくは、あの夢を思い出しても、もう、怖くない」


理生とともに歩む中で、私は、いくつもの壁にぶつかってきました。

優しい心や、美しいふるまいに、たくさん恵まれましたが、それと同時に、痛みへの無関心が、さまざまな悲しみをつくりだしているさまも、見てきました。

何よりも、私自身の心の中に、たくさんの悲しみと、怖れと、痛みへの麻痺があることに、気づかされました。

自分の心の痛みから目を背けていたら、他者の痛みも感じられないでしょう。

ありのままの心と向きあい、心を感じる、と決めたとき、人はもっと優しくなれるように思います。そして、「だれかの幸せのために、だれかを傷めつける」という文化を超える何かを、見いだせるのではないでしょうか。

理生の言葉を、私はふたたび、心の中で反芻《はんすう》します。

「ぼくは、病気を選んで、生まれてきた。希望をもって、生まれてきた。心を感じることで、勇気が出る。それがつまり、希望のことなんだ」

エピローグ

いま、私たちは旧盆のシーズンを楽しんでいます。

私たちの暮らす沖縄では、旧盆（シチグヮチ）に亡くなった方たちが還ってきて、生きている人たちと交流する、と伝えられています。

旧暦は、月の満ち欠けから生まれた暦です。旧七月七日の半月、星まつりの日は、お墓をお掃除して、ご先祖さまをお迎えする準備をします。

そして、しだいに太っていくお月さまとともに、この世とあの世の境は、しだいに薄くなり、重なっていきます。

旧盆の初日、ウンケー（お迎え）のために、理生は心の目で見るお客さまを歓待しようと、大はりきりでした。

ひいおばあちゃんの写真の前に、くだもの、グーサンウージ（サトウキビの茎で、ご先祖さまが杖として使う）、ソーローメーシー（メトハギの穂で、ご先祖さまのお箸）、ウチカビ（あの世のお金）をお供えして、平御香《ひらうこう》を焚きました。

「ご先祖さまに、喜んでもらいたいの」

と、三線で、沖縄民謡のメドレーを演奏しました。

「理生のご先祖さまは、ヤマトの人だけど、沖縄の風習がわかるかな」

と、からかうと、

「ぼくは引っ越したのだから、ご先祖さまにも慣れてもらわないと」

と言い、私はその自由な発想に、笑ってしまいました。

旧盆のナカヌヒー（中日）は、にぎやかでした。

理生によると、虹のようにさまざまな色をした光の玉さんたちが、きらきら輝きながら、窓の外をパレードしていたそうです。

玉さんたちは、旗を掲げたり、細いラッパを吹いたり、シンバルや太鼓を叩いたりして、軽快な音楽を奏でながら、跳びはねるように通りすぎていきました。

玉さんたちは、

「幸せ！　幸せ！　ありがとう！」

と喜んでいるように、理生には感じられたそうです。

そして、旧盆の最終日、ウークイ（お送り）のとき、

「ヤマトふうに、お経をあげたらどうかしら」

という母のアイディアに、理生は目を輝かせました。

私たちは、理生が三線をギターのようにかき鳴らすのに合わせて、「般若心経《はんにゃしんぎょう》」を歌いました。

お日さまが沈むと、私たちはご先祖さまに、

「いらしてくださって、どうもありがとうございました。とても楽しかったです。来年も、ぜひ、遊びにきてください」

と、お礼を述べました。平御香を焚き、ウチカビ（あの世のお金）を燃やし、お花をさしあげて、ご先祖さまのお見送りのために、門の外に出ました。

見上げると、雲のあいまから、まんまるのお月さまがお顔を出していました。お月さまは、鏡のように照り映えながら、やわらかい光を投げかけていました。

伝統的には、旧七月の満月のもと、エイサーが踊られます。

エイサーは、念仏踊りを起源としています。たましいがあこがれ出るような夏の満

月のもと、人は太鼓の音に合わせて、舞いおどりたくなるのでしょう。

お月さまが地球を包むようにめぐりながら、この星に息づくあらゆるいのちを照らしてくださることに、私は手を合わせました。

お月さまは、私たちが生まれるずっとずっと前から、ご先祖さまたちに、闇夜の光を授けてくださいました。

そしていま、その月影は、心の目で見る世界を、身体の目で見るこの世界に、優しく重ねています。


私たちは、身体の死を超えてもつづく大いなるいのちの流れの、かけがえのない一しずくとして、つかのまの生を授けられました。

だからこそ、いまここに生きることは、こんなにも愛おしく、せつなく、味わい深いのでしょう。

この世の人生が、ときに深い悲しみをもたらしたとしても、その闇の最も奥底で、きらきら輝く知恵の宝石を、見つけられますように。

一人ひとりの光がきらめき、この地上に星座として織りなされていることを、希望とともに祝福できますように。
そして、私たちが、愛という「永遠のいのち」を生きていることを、いつも覚えていられますように。

いんやくのりこ

日本音楽著作権協会
(出)許諾第1411906-401号

著者紹介

いんやく のりこ(印鑰紀子) 1971年、東京生まれ。2001年、先天性心肺疾患の息子・理生（りお）が生まれる。2011年、沖縄移住。3～9歳の息子の言葉を記録した詩集『自分をえらんで生まれてきたよ』（サンマーク出版）がベストセラーになる。

心《こころ》の目《め》で見《み》た大切《たいせつ》なこと、ママに聞《き》かせて

2014年10月5日 第1刷

著　　者　いんやくのりこ
発 行 者　小澤源太郎

責任編集　株式会社 プライム涌光
電話 編集部 03(3203)2850

発 行 所　株式会社 青春出版社
東京都新宿区若松町12番1号 〒162-0056
振替番号 00190-7-98602
電話 営業部 03(3207)1916

印刷 共同印刷　製本 大口製本

万一、落丁、乱丁がありました節は、お取りかえします。

ISBN978-4-413-03929-1 C0095